最強の剣客皇子は生き別れの隣国姫を探し出して離さない

小出みき

Vanilla文庫

最強の剣客皇子は生き別れの隣国姫を探し出して離さない

目次

イラスト／なおやみか

第一章　疾風迅雷の黒うさぎ

五月の空は、どこまでも澄んで晴れ渡っていた。

凌雲国《りょううんこく》の京師《みやこ》、璃城《りじょう》。

中原に鼎立《ていりつ》する三国の筆頭だけあって、広大な城市《まち》には人種・民族の異なる人々が活発に行き交い、住民の数は百万近くにも及ぶ。

それだけに目抜き通りはふだんから賑《にぎ》わっているが、端午節《たんごせつ》の今日はさらに出店や大道芸が増え、人ごみをかき分けなければ歩けないくらいだ。

「すごい人出ですねぇ」

感心を通り越して呆《あき》れたように嘆息する侍女に、瓊花《けいか》は苦笑しつつ頷《うなず》いた。

「ちょうど皆、競渡《きょうと》（ボートレース）の見物から戻る頃合いだからよ」

璃城の南東を流れる竜江《りゅうこう》で行なわれる競渡は端午節の名物で、京師じゅうの人々が見物に詰めかける。

瓊花も他の見物人同様、迫力ある競渡を満喫した後は馬車で家族と一緒に戻ってきた。

に帰したのだ。

その途中、せっかくだからぶらぶらと街歩きでもしていくかということになり、馬車は先

「もうちょっと時間をずらせばよかったですね。皆さまともいつのまにかはぐれてしまいましたし……」

「大丈夫よ、秋冥《しゅうめい》。道はわかってるもの。それに、人ごみではぐれた場合は無駄に捜し回らず、それぞれで帰宅するってあらかじめ申し合わせてあるでしょ？」

「そうでした」

ホッとした侍女が、ふと目を輝かせる。

「お嬢さま。どうせなら、ふだんは行かない場所もついでに見物していきません？」

「たとえばどんなところ？」

「ん〜、酒楼《しゅろう》とか。あ、何もお酒を呑《の》もうってんじゃないですよ！　使用人仲間から聞いたんですけど、今日は各楼お抱えの舞妓《ぶぎ》が、お店の前に特設舞台を設けて自慢の舞いを披露するんですって。誰でもタダで見物できるそうですよ」

興味を惹《ひ》かれ、瓊花は考えた。普段なら未婚の若い娘が酒楼に足を踏み入れなどしたら、それだけで顰蹙《ひんしゅく》をかうどころではないのだが、店の外であれば問題ないはず。

「……道端で見物するだけなら怒られないわよね。行ってみましょう」

「そうこなくっちゃ！」

ニコニコして秋冥は瓊花に腕を絡めた。

侍女といってももう十年近い付き合いで気心は知れている。年齢的には秋冥のほうがひとつ年上なのだが、兄たちからかわいがられている瓊花にとっては妹のような感覚だ。

短剣のお手玉や豪快な炎吹き、音楽に合わせて踊りながらの皿回しなどの大道芸を楽しみつつ、酒楼や妓楼《ぎろう》が軒を連ねる坊里《ぼうり》（街区）の門をくぐる。

隣接する東市《とうし》には父が経営する高級陶器店・玄月堂《げんげつどう》があるので、ふだんからよく訪れているが、こちらの坊里はいわば遊興の街で、足を踏み入れるのは初めてだ。

ドキドキしながら周囲を見回すと、いかにも良家の若奥さまや令嬢といった身なりの女性たちが、侍女や下男を引き連れてそぞろ歩いていた。こんなときでもなければ入りづらい場所柄ゆえ、皆興味津々にあちこち見回している。

華やかな町並みを見回しながら人ごみに押し流されるように歩いていると、大きな妓楼の前に黒山の人だかりができていることに気付いた。

人の背丈より高く作られた舞台の上で、数人の踊り子が異国的な旋律に合わせてくるくると回っている。身にまとう衣装も異国のものだ。

透けるような面紗《ヴェール》から覗《のぞ》く瞳は青や碧《みどり》、波打つ髪は金色や薄い茶色——西域の国々からやってきた胡姫《こき》たちだ。

西方から訪れるゆえ、胡人《こじん》はもっぱら西市《せいし》近隣に住まうが、胡姫の舞楽は人気があるので、東市の楼《みせ》でも人寄せに置いているのだろう。

「うわ、目が回りそう」

秋冥が眉間を摘んで呻《うめ》く。胡旋舞《こせんぶ》と呼ばれる急旋回を特徴とする舞いは、色鮮やかな衣装の袖裾がひらひらとなびき、まるで蝶々《ちょうちょう》の群舞のようだ。

舞踊が終わり、見物人から歓声と御祝儀が飛ぶ。瓊花も惜しみなく拍手を送った。

「──さて。どこかの茶館で点心《おやつ》でも食べて帰りましょうか」

「そうですね！」

甘いものに目がない秋冥がニコニコする。向きを変えて歩きだした瞬間、斜め前から来た人にぶつかりそうになった。

「あ、ごめんなさ……」

「無礼者！」

いきなり怒鳴られて目を瞠《みは》る。相手は若い男で、ちょうど酒楼から出てきたところらしかった。相当呑んだのか、赤ら顔で酒臭い。

周囲には仲間らしき同じ年頃の男が四、五人ほどもいた。全員、値が張りそうな広袖の長衣に身を包み、いかにも金持ちの浪子《あそびにん》といった風体だ。

国中の富が集まる京師《みやこ》には徒党を組んで勝手気ままに振る舞う悪漢どもが大勢いる。くれぐれも目をつけられないようにと家族から言い含められていたのだが……。

反射的に怒声を上げた男は目をすがめて瓊花をじろじろ睨《ね》め回したかと思うと、けたたましい奇声を上げた。

「なんと！　いい女じゃないか！　ぶつかった詫《わ》びに酌をさせてやる、ありがたく思え」

ふてぶてしく言い放ち、瓊花の腕を掴《つか》んで大股に歩きだす。

「ちょ……っ、放してくださいっ」

「お嬢さま⁉　だ、誰か！」

秋冥は慌てて周囲に助けを求めたが、あいにく次の演《だ》し物《もの》が始まって鉦《かね》や太鼓がけたたましく打ち鳴らされ、騒ぎに気付く人はいない。

おろおろするうち秋冥まで両側から腕を掴まれて引きずられてしまった。ふたりとも必死に抵抗したが腕力ではとても敵《かな》わず、裏路地に引きずり込まれてしまう。

通りを一本入っただけで急速に喧騒《けんそう》が遠くなり、両側にそびえる高楼の壁に挟まれて辺りは不気味に薄暗い。表通りにはあんなに人がいるというのに、狭い路地には人っ子一人見当たらず、ゾッと背筋が寒くなった瓊花は切羽詰まった大声を上げた。

「誰か！　誰かいないの⁉　助けて、誰か――！」

「うるさいな、おとなしくしろって」

男が酒臭い鼻息を荒らげ、これ見よがしに平手を振りかざした瞬間。その手首を誰かがむんずと掴んだ。同時に男の口から盛大な悲鳴が上がる。

ている。

「――無体はやめろ。嫌がってるだろ」

憮然《ぶぜん》とした声に瓊花は目を瞠った。背後から現れた誰かが容赦なくその腕を捩じり上げていた。身にまとっているのは黒地に銀の波文様が描かれた盤領《まるえり》の袍衫《ほうさん》（ワンピース型の衣服）だ。

その人物は頭頂部で髪を一括《ひとくく》りにして背に垂らし、黒い披帛《ひはく》（スカーフ）で口許《くちもと》を覆っていた。身にまとっているのは黒地に銀の波文様が描かれた盤領《まるえり》の袍衫《ほうさん》（ワンピース型の衣服）だ。

鋭い眼光が黒曜石のごとく煌《きら》めき、瓊花の鼓動がドクンと跳ねる。

「放せ、この！　うひ――ってててて、折れるっ、折れるぅっ」

パッと手を放され、危うく転倒しそうになったところを仲間に支えられ、浪子は痛そうに手首をさすりながら憤怒の形相で披帛の男を睨《にら》んだ。

「よくもやってくれたな……！　ただでは済まさんぞ！」

「なら、いくら寄越《よこ》す？」

さりげなく瓊花を背後に庇《かば》いながら嘲笑《ちょうしょう》され、もともと酔いで赤らんでいた顔が真っ赤になる。

「ふざけんな！　やっちまえ！」

「おおっ」

「ひぎぃぃぃ⁉」

仲間たちが一斉に飛び掛かるも、次の瞬間には全員が路上に折り重なって呻いていた。

何がどうなったのやらさっぱりわからず、瓊花はただ唖然《あぜん》として目をぱちくりさせた。

最初の拳を躱《かわ》したのはかろうじて見えた……気がする。しかし、それから何が起こったのか。当の浪子にもそれは不明らしく、真っ赤だった顔は今度は真っ青になっている。

男は不敵な笑みを浮かべ、右拳を左の掌《てのひら》にぱしんと打ちつけた。

「さぁて貴様はどうしてほしい？　撫でるか、それとも軽くはじいてやろうか？」

それが『殴る』と『ぶっ飛ばす』を意味するであろうことは、なんとなく見当がついた。

口をぱくぱくさせた浪子は精一杯の虚勢で披帛の男を睨みつけ、『覚えてろ！』とお決まりの捨《す》て台詞《ぜりふ》を吐くなり全速力で逃げ出した。

ぶちのめされた仲間たちもよたよたと後を追う。こちらは捨て台詞を吐く余裕すらない。

「覚えててほしいとは、物好きな奴《やつ》だな」

披帛の男はフンと鼻息をつき、瓊花に向き直った。

「怪我《けが》はないか？」

穏やかな声音で問われ、慌てて頷く。

茫然《ぼうぜん》と突っ立っていた秋冥も、やっと我に返って瓊花に駆け寄った。

「お嬢さま！　ご無事ですか⁉」

「大丈夫よ」

改めて瓊花は男性に向けて拱手《きょうしゅ》一礼した。慌てて秋冥もそれに倣う。

「危ういところを助けていただき、ありがとうございます」

「災難だったな。怪我がなくて何よりだ」

ためらいがちな視線を受け、彼は苦笑しながら口許を覆っていた披帛を引き下ろした。

「いや、怪しいものではない」

現れたのは、その涼しげな目許《めもと》から想像していた以上の美男子だった。

顔立ちが整っているのはもちろんのこと、泰然として高雅な雰囲気に若虎のごときしなやかな活力が加わって、なんとも魅力的だ。

目が合った瞬間、瓊花は頭の奥がうねるような、眩暈《めまい》にも似た不思議な感覚に襲われた。

どこかで見たことが……あるような……？

「──そ、そんなことは」

我に返り、口ごもりつつ目を伏せる。

ぽかんと口を開けている侍女の袖を急いで引っ張ると、秋冥は慌てて深々と頭を下げた。

(何かしら、今の感覚は……)

まだ脳裏でパチパチと小さな火花がはじけているような気がする。会ったことなどないはずだ。あれば絶対覚えている。こんな印象的な相貌を忘れるわけがない。

だからきっと思い違い。ただの勘違いよ。そうに決まってる──。

「住まいはどこだ？　念のため送っていこう」

「お嬢さま、そうなさいまし。悪漢どもがしつこく待ち伏せているかもしれません」

秋冥が真剣な面持ちで勧める。確かにその恐れがないとは言い切れない。

「……お願いします」

「轎《かご》を呼ぼう。気疲れしたのではないか？　顔色が悪いぞ」

「大丈夫、歩けます」

「では俺の馬に乗るといい。……乗れそうかな？」

気づかわしげに首を傾《かし》げられ、こくりと瓊花は頷いた。今日の外出は競渡見物と踏青《とうせい》（ピクニック）を兼ねていたので、襦裙《じゅくん》（ツーピース型の衣服）の下にはやわらかな白い褲《ずぼん》を穿《は》いている。

路地の先には立派な体格の馬が佇《たたず》んでいた。乗馬はできるので難なく鞍《くら》に跨《また》がる。

「住まいはどこだ？」

「道政坊の西側です」

「東市の隣だな」

青年は頷き、轡《くつわ》を取って歩きだした。秋冥は反対側に回って警戒のまなざしを周囲に向ける。待ち伏せはなさそうだ。

五人がかりでもまるで相手にならなかったのだ。ましてや通行人でごった返す大通り。

どこのお大尽のドラ息子か知らないが、あえて人前で絡んでくる度胸があるとも思えない。

道を教えながら無事に自宅まで帰り着き、青年の手を借りて馬から下りた。青年は門に掲げられた家名の扁額《へんがく》を見上げて目を瞬いた。

「……盧《ろ》家のご令嬢だったか」

そこではたと気付き、瓊花は急いで拱手した。

「申し訳ございません！　お助けいただいたにもかかわらず、動転のあまり名乗っておりませんでした。盧瓊花と申します。これは侍女の秋冥です」

秋冥も慌てて拱手拝礼する。

まじまじと瓊花を見つめていた青年が、ふっと目をなごませた。

「そうか、きみが……」

胸が詰まったように言葉が途切れる。訝《いぶか》しげに瓊花は彼を見た。

「わたしをご存じで……？」

「ああ……まぁ、盧家と言えば皇室御用達《ごようたし》の陶器商、玄月堂の主だからな」

なんとなくごまかされたような気もしたが、恐れ入りますと慎《つつ》ましく頭を下げる。

「あの、ご尊名を伺《うかが》ってもよろしいでしょうか」

「俺か？　そうだな……。うん、玄兎《げんと》と呼んでくれ」

玄兎とは、つまり黒うさぎのことだ。明らかに偽名くさいが、何気ない挙措からは品のよさが窺える。名門の子息であることは間違いない。

ふと、彼と見つめ合っていたことに気付き、瓊花は頬を赤らめて視線を外した。

玄兎もまたそわそわと頭を掻《か》き、照れくさそうな笑みを浮かべる。

「その、唐突な上に不躾《ぶしつけ》極まりないとは思うのだが……。できればまた会ってもらえないだろうか」

「えっ。あの……は、はい……」

目を泳がせながら頷く。玄兎はホッとした様子で微笑《ほほえ》み、ひらりと馬に跨がった。

「早く家に入るといい。後日改めて伺《うかが》おう」

馬の腹に軽くかかとを当て、彼は走り出した。その後ろ姿をぼーっと見送っていると、秋冥が肘で瓊花を突《つ》いた。

「惚《ほ》れられましたね、お嬢さま！」

「な、何を言うの」

「あれは絶対一目《ひとめ》惚《ぼ》れです！　お嬢さまとめちゃくちゃお似合い！　きっとどこぞの御曹司ですよ。一見地味だけど上等なもの着てましたし、革帯《ベルト》の飾りは金と瑠璃《ラピスラズリ》、白玉玦《はくぎょっけつ》の腰《よう》佩《はい》を下げてました！　お金持ちに違いありませんっ」

「よく見てるわね……」

玉玦というのは一部を欠いた環状の玉で、『決』と音が通じることから決断心を持てるようにとの願いを込めて身につけるものだ。

確かに身分の高い人であるのは間違いないだろう。しかしそうなれば、商家の娘である自分とはとても釣り合いそうにない。急に気落ちして瓊花は溜め息をついた。

「……早く入りましょ。遅くなったわ」

瓊花は侍女を促し、使用人に玄関を開けさせてそそくさと中に入った。

院子《なかにわ》を通り抜け、正房《おもや》の東居間へ入って行くと、大きな円卓に集う家族三人が一斉に振り向いた。

昂奮《こうふん》した面持ちで突っ立ったまま何やらまくしたてる兄を、座った両親がなだめていたようだ。

「瓊花！　どこへ行ってたんだ？　捜しに行くところだったんだぞ！」

長兄の光風《こうふう》が安堵《あんど》しつつも叱りつけるように睨む。

「遅くなってごめんなさい」

「だから言ったでしょ、おまえは心配しすぎなのよ。お帰り、瓊花。まぁ座ってお茶でも飲みなさい」

溜め息をつきながら茶器を手にしたのは母の姚《よう》氏。名を菫花《きんか》という。

おっとりと愛嬌《あいきょう》のある顔立ちで、二十歳を過ぎた息子がふたりもいるようにはとても見えない。性格もいたってのんびりしており、その分、息子がせかせかしているように見えてしまうのかもしれなかった。

「何かあったのか？」

眉をひそめて父が尋ねる。盧家の主人である江生《こうせい》は、京師《みやこ》でも指折りの交易商だ。主に中原東南に位置する華月国《かげつ》と品物を遣《や》り取りしている。

凌雲国の卓越した技術で製造される精緻な金銀器を華月国に輸出し、華月国の特産品である青磁や白磁を輸入する。秘色《ひそく》磁と呼ばれる非常に希少な陶器を扱うことに先代が成功し、以来皇室御用達となった。

経営する高級陶器店・玄月堂は東市の目抜き通りに本店があり、京師のみならず国内に何店舗も支店がある。次兄の斉月《せいげつ》は副都の支店で修行中だ。

「いいえ、お父さま。胡姫の舞いを見物していたら、つい遅くなってしまったの」

瓊花は母の隣に座り、茶碗《ちゃわん》を受け取った。もの言いたげな秋冥を目で制し、香り豊かな茶をそっと口に含む。

「胡姫だって!?　まさか妓楼に行ったのか!?」

兄が顔色を変え、卓子《テーブル》越しに身を乗り出す。

「中には入ってません。店の前で踊ってるのを見物しただけよ。周りには一般の女性もたくさんいたし」

「あら、それはわたしも見てみたかったわね」

「母上！」

抗議されても姚氏はころころ笑って茶碗にお茶を注ぎ、息子に差し出した。

「まぁ、落ち着きなさいよ。お祭りのときくらい羽を伸ばしたっていいじゃないの。大体、殿方ばかり楽しむのは狡《ずる》いわ。ねぇ、瓊花」

「そのとおりよ。お兄さまこそ妓楼で羽ならぬ鼻の下を伸ばしてるくせに」

「俺は妓楼なんか行かないぞ⁉」

肩を寄せ合ってくすくす笑いあう妻と娘に、父は溜め息をついた。

「そうからかうものではない。おまえを大事に思っているからこそ過保護にもなるのだ」

「わたしはもう十九なんですよ。子どもじゃありません」

不満げに抗議すると、兄がまた眉を逆立てる。

「だからこそ心配してるんだ！　年頃の娘が一人歩きなんてするもんじゃない！」

「いつも秋冥が一緒だわ」

「腕っぷしの強い下男もつけるべきだ。暴漢に襲われたら困るだろ！」

「武芸を習わせてくれたらよかったのに……」

「だめだ、瓊花が粗暴になったら困る」

「困るのはお兄さまだけよ、わたしは困らない」

ムッとして立ち上がり、瓊花は両親に向かって深々と拱手一礼した。

「夕餉《ゆうげ》の時間まで房室《へや》で少し休ませていただきます」

「瓊花！」

兄を無視してさっさと歩きだす。

やきもきする息子を余裕でいなし、姚氏は上品に茶を注いで夫に差し出したのだった。


瓊花は正房裏《おもや》に位置する後罩房《こうとうぼう》の自室に戻って着替えを済ませると、熱い茉莉花茶《ジャスミン》を淹《い》れさせ、しばらく用はないからと秋冥を下がらせた。

錦の小座蒲団を敷いた紫檀《したん》の榻《ながいす》に座り、ゆっくりとお茶を飲みながら先ほどの騒動を思い返す。玄兎と名乗った青年の涼やかな美貌を思い出したとたん頬がゆるんでしまい、ハッとして頬をぺちぺち叩《たた》いた。

「だめだめ、会ったばかりなのよ!?」

どこの誰ともわからない人に好意なんて持つべきじゃない。

わかってる。わかっては、いるのだが……。

「……仕方ないわ。恰好《かっこう》よかったんだもの……」

顔を赤らめ、榻の上で膝を抱える。

（玄兎——黒うさぎと名乗ったことには何か意味があるのかしら？）

『玄』は『黒』や『北』の意味を持ち、黒は凌雲国では特別な色とされる。

現在の皇室である驪逖《りてき》氏は中原北部の剽悍《ひょうかん》な遊牧民を祖とする。『驪』は漆黒の馬、『逖』は遥《はる》か彼方《かなた》という意味だ。

玄月堂という店名は先代皇帝から賜った。『玄』の文字が入ることは非常な名誉で、皇室御用達であることが一目でわかる。

別に『玄』という文字を使うことが禁じられているわけではないが、遠慮して使わないのが通例だ。それをあえて名乗るなら、皇帝もしくは政府の関係者だと匂わせている……ということか。

「……ひょっとしてお役人？」

ありえる。たとえ相手がのらくら者でも、瞬《まば》きする間に五人をのして平然としていたのだ。手練であるのは間違いない。

「うん。きっと武官なんだわ」

たとえば金吾衛《きんごえい》（京師《みやこ》の警備隊）の一員とか。それならあの場に現れてもおかしくない。揉《も》め事が多発する祭日、金吾衛の武官や捕吏たちはつねに大街や坊里を巡回している。

あの強さと身なりからして、それなりの立場にありそうな人だったが……。

（また会いたいって言ったのは、個人的に……ってことよね？）

そう考えると急に不安が頭をもたげた。

万が一、公的な意味だったらどうしよう……!?

瓊花はそわそわと榻《ながいす》から下り、牀榻《しんだい》の隠し戸棚を探って古びた錦の巾着袋を取り出した。紐《ひも》をゆるめ、中身を掌に取り出して眺める。

それは卵形をした大きな翡翠《ひすい》だった。しかも紫がかった青という、世にも稀《まれ》な色をしている。父にすら見せたことはなく、おそらく値のつけようもないであろう珍奇な逸品だ。

「父上……」

ぽつりと瓊花は呟《つぶや》いた。

盧江生のことではない。十一年前に別れたきり、もはや面影もおぼろな実の父――華月国の先帝だ。

公主であった瓊花は当時八歳。理由もわからぬまま父帝よりこの青翡翠を託され、遠縁の少年に連れられて逃げるように国を出た。

しかし、刺客に襲われてはぐれてしまい、無我夢中で紛れ込んだのが取引を終えて帰国する玄月堂の隊商だった。

厳重に藁《わら》でくるまれた青磁や白磁が満載された荷台の隙間に身を縮め、飲まず食わずで馬車に揺られること数日。国境を越え、ようやく発見されたときには飢えと渇きで死にかけていた。

それを救ってくれたのが現在の養父・盧江生と妻の姚氏だ。怯《おび》えて何も話そうとしない瓊花を養女として家族に迎え入れ、ふたりの息子たちも実の妹同様にかわいがってくれた。

以来十一年。気がつけば最初から盧家の娘であったかのように、瓊花は今の境遇になじんでいた。誰も身元を問い質《ただ》そうとしないことに甘え、今まで来てしまった。

母国の両親や兄が気がかりではあったが、気がつけば優しい養家族との穏やかな暮らしは捨てがたいものになっていた。

自分が華月国の公主だったことも今では前世の夢のよう。この青翡翠だけが、それが夢でも前世の出来事でもないことを思い出させ、同時に瓊花を混乱に陥れる。

父帝はなぜこの青翡翠を自分に託したのか。なぜ自分は追われるように国を出たのか。

なぜ刺客に狙われたのか――。

これが尊い御物《ぎょぶつ》であることしか瓊花にはわからない。

現在、華月国の皇帝は父の異母兄――瓊花の伯父だ。皇太子は六つ上の瓊花の兄だったが、父帝の名代で訪れた視察先で事故死している。

それから間もなく父はこの御物を幼い娘に持たせ、皇宮に滞在していた凌雲国第二皇子の帰国に密《ひそ》かに同行させた。

華月国の皇太后は凌雲国の先帝の異母妹で、叔母が病と知った今上帝《きんじょう》が次男を見舞いに遣わした。だが、何者かに追われ、攻撃を受け……。皇子と衛兵たちが応戦しているあいだにはぐれてしまった。

「――――」

第二皇子の名前を呟こうとして、唇を震わせる。

名前は出てこなかった。どうしたことか、はぐれてから彼の名前が思い出せない。

大好きだったのに。しじゅうまとわりついて遊んでもらっていたのに。

その顔立ちさえ定かでないのは、いったいどうしてなのだろう――。

怖い思いをして危うく死にかけたせいか、瓊花の記憶はところどころ抜け落ちている。

実の両親の顔すらぼんやりとしか思い描けず、名前も思い出せない。

第二皇子が現在どうしているのか、瓊花は知らなかった。彼が皇宮にいるのかどうかもよくわからない。養父に聞けば教えてくれるだろうが、何故《なぜ》か訊《き》くのがひどく怖かった。

もしも彼があのとき命を落としていたら……？　そうであれば絶対に自分のせいだ。あのとき狙われたのが瓊花であることは明らかだったのだから。

京師《みやこ》で暮らして十年以上になるが、第二皇子の噂《うわさ》は聞いたことがない。

時折話題に上がるのは第一皇子である皇太子が病弱なことや、貴妃《きひ》が第三皇子を産んで後宮の実質的な主となったとか、そんなことくらいだ。

「……父上。わたしにこれをどうせよと仰《おっしゃ》るのですか？」

青翡翠を見つめて呟く。伯父が即位したということは、父は亡くなったのだろう。

母はどうなったのか？　祖母は？

青翡翠を持って国に帰るべきだと考えたことは何度もある。

そのたびに、青翡翠を持たせたときの父の青ざめた怖い顔が思い浮かび――それは一瞬でぼやけてしまうけれど――心臓が凍りつきそうになる。

そうして気がつけば十一年の月日が流れ、八歳だった瓊花は十九歳になっていた。

もう無力な子どもではない。養父母が学問をつけてくれたおかげで自分の頭で考え、判断できるようにもなった。

この青翡翠を盧家の人々に見せ、自分の身元を明かそう。彼らが信頼に足る人物であることは共に暮らした十一年の歳月で確信している。問題は、いつ切り出すか、だ。

それを考えると、何故か玄兎の顔が思い浮かんだ。

(もしかして、あの人がきっかけをくれる……?)

秋冥は彼が瓊花に一目惚れしたに違いないとはしゃいでいたが、自分もそうなのだろうか。でも、何かが引っかかる。

彼に好意を抱いたことは否定しようがなかったけれど、脳裏から面影が消えないのは、ただそれだけではない気がした。

第二章　皇子さまからいきなり求婚!?

それから数日。未《いま》だ瓊花は両親に青翡翠について打ち明けられないでいた。

何かきっかけがないとどうにも言い出しづらい。どうして今まで黙っていたんだと叱られそうな気がするし、信じてくれないかもしれない。

信じてもらえたとしても、自分が公主だと知ったら態度が変わるのではないか。溝ができてしまうのではないか。実はそれがいちばん怖いのだと、悩むうちに気付いた。

(まずはお父さまに話してみよう)

意を決し、瓊花は東市の玄月堂へ行くことにした。父の帰宅を待てば、せっかくの決意が鈍ってしまいそうだ。

瓊花は店の帳簿を見てくると母に言い置いて家を出た。店頭には出ないものの、品物の点検や帳簿整理を手伝っている。父に教えられながら高級陶器や金銀の細工物を見て育ったおかげで自然と目が肥え、もののよしあしを一発で判別できるようになった。

もともと公主として一級の美術品揃いの宮殿で暮らしていたこともあって、鑑定眼はたちまち兄たちを上回り、今ではなじみ客が持ち込む古物の鑑定も任されている。

馬車を出しますかと下男に問われたが、天気がよかったので散歩がてら歩くことにした。

東市の門をくぐると道沿いに大店《おおだな》がずらりと並び、大勢の人が行き交っている。西市に比べて高級品を扱う店が多く、道路の幅も広いせいか道行く人々もゆったりとして品があるようだ。

ところが店に近づくにつれ、妙に騒然とした雰囲気になってきた。

「……何かあったのかしら」

「酔っぱらいの喧嘩《けんか》にしては時刻が早すぎますよね」

秋冥も不審そうに前方を窺う。そもそもこの界隈《かいわい》に飲み屋はない。

胸騒ぎを覚えて瓊花は足を速めた。物を打ち壊す音に陶器の割れる音が入り混じって聞こえてくる。厭《いや》な予感は当たり、玄月堂の前に人だかりができていた。

人ごみを押し分けて前に飛び出し、瓊花は絶句した。店の扉は完全に打ち壊され、壁にも穴が空いている。まるで台風の直撃を食らったかのようだ。

中から破壊音とともに父と兄の叫び声が聞こえ、我に返った瓊花は長裙《ちょうくん》の裾を絡《から》げて入り口の階《きざはし》を駆け上がった。

「お父さま！　お兄さま⁉」

店内は壊滅状態になっていた。割れた壺《つぼ》や皿が床に散乱し、足の踏み場もないほどだ。

どれも百両は下らない高級品なのに……！

やめてくれぇと悲痛に懇願する父と兄を、見るからに柄の悪い男どもが押さえ込んでいた。他に三人のごろつきが棍棒《こんぼう》を振り回し、手当たり次第に陳列棚を薙《な》ぎ払《はら》っている。

「やめてっ、やめなさーい！」

無我夢中で絶叫すると、ごろつきどもはやっと手を止めた。ひときわ人相の悪いむくつけ男が荒っぽい鼻息をつき、分厚い胸板を誇示するかのように太い腕を組む。

「偽物を掴まされた仕返しよ。ここに並んでるやつぁ、ぜーんぶ二束三文の偽物だぜ。それをクソ高い値段で売りつけやがって」

男はわざと外の野次馬《やじうま》に聞こえるように怒鳴った。驚いた群衆が顔を見合わせて騒ぎだす。瓊花は負けじと大声で言い返した。

「冗談じゃないわ、うちが扱ってるのは勅許を得て華月国の官窯で直接買い付けたものばかりよ！　それをこんな……っ」

「へっ、どうだか。うちの旦那はたいそう目利きでなぁ、一目で偽物と見抜いたぞ」

「それを見せてください。うちは絶対に紛《まが》い物なんか売りませんっ」

「そんなならお屋敷に来て鑑定してみな」

「いいですとも！」

瓊花は憤然と男を睨みつけた。遠路はるばる異国から買い付けた逸品を壊された挙げ句、偽物呼ばわりされてすっかり頭に血が上っている。

「や、やめろ、瓊花」

ごろつきに押さえ込まれながら父が苦しげに叫ぶ。左目の下が青黒く腫れ上がっていた。兄もひどく殴られ、盛大に鼻血を垂らしてぐったりしている。教養の高さでは挙人《きょじん》（科《か》挙《きょ》の一次試験合格者）に引けをとらないものの、腕っぷしのほうはからっきしなのだ。

目の奥がカーッと熱くなる。どこの誰だか知らないが、こんな理不尽な難癖をつけて店を荒らし、大事な家族に暴力を振るうなんて絶対許せない……！

「瓊花、行ってはならん！」

必死にもがく父の顎に、ごろつきがガンと一発お見舞いする。苦悶《くもん》に呻く父の姿に瓊花は悲鳴を上げた。

「お父さまっ」

「おら、さっさと来な」

頭目らしき大男がニヤニヤしながら瓊花の腕を摑もうとした刹那。旋風《つむじかぜ》が頰をかすめたかと思うやいなや、男は吹き飛ばされて背中から柱に激突してずるずると床に崩れ落ちた。

目の前に誰か立っていることにやっと気付く。

「……汚い手で触るんじゃない」

吐き捨てたのは、光沢のある黒い円領《まるえり》の袍衫をまとった青年だった。

（玄……兎……？）

先日は後頭部で括《くく》った髪を無造作に垂らしていたが、今日は両脇を編んで頭頂部でまとめ、しゃれた銀の小冠をつけている。

彼は軽く腰を落とし、右手を敢然と前に突き出していた。ごろつきの胸に掌底を叩き込んだらしい。

「大丈夫か？」

気づかわしげに尋ねられ、頷こうとして瓊花はハッとした。仲間のごろつきがわめきながら棍棒を手に襲いかかってくる。

「あぶな――」

玄兎は背後から振り下ろされた棍棒を難なく受け止め、ぐいと取り回した。

宙を飛んだごろつきは正気づいたばかりの頭目の懐に頭から突っ込み、折り重なってどちらも動かなくなった。

「店の中で暴れるな。迷惑だろうが」

冷ややかに言い放ち、玄兎は背後に瓊花を軽く押しやりながら残る二人のごろつきに向き直った。

「暴れたいなら外へ出ろ。まとめて相手してやる」

「なめんな、このっ」

棍棒を握りしめ、同時に向かってくる。疾風のごとく飛び出した玄兎は相手が棍棒を振りかざした隙を狙って強烈な回し蹴りを放った。

ごろつきどももつれ合って吹き飛び、店を取り巻く野次馬の前に次々と落下した。階の上に立ち、玄兎はうんざりと顔をしかめた。

「外へ出ろと言ったろうが」

最前列で憤然と叫び立てていた秋冥が、あんぐりと口を開ける。

父と兄を押さえ込んでぽかんとしていた三人は、玄兎が一瞥《いちべつ》するなり人質を放り出した。壊れた窓から外へ飛び出したとたん痛烈な強打を食らってバタバタと倒れこむ。

「逃すか、バーカ」

白い筒袖の交領衫《こうりょうさん》（合わせ襟の衣服）と褲《ずぼん》に青い半臂《はんぴ》（半袖の上衣）をまとった紅毛碧《こうもうへき》眼《がん》の青年が三人を荒っぽく蹴飛ばし、ぱぱっと手を払って鼻息をついた。

階の上の玄兎を見上げ、軽い口調で尋ねる。

「旦那、こいつらどうします？」

「金吾衛《きんごえい》（京師《みやこ》の警備隊）に引き渡して、誰に雇われたのか吐かせろ。訊くまでもないだろうが」

そう応じたとたん、当の金吾衛の一個小隊が通りの角から息せき切って現れる。野次馬の誰かが市局に通報し、そこから直近の詰め所に出動要請が出されたのだ。

「炎颷《えんぴょう》、ひとっ走りして医者を呼んで来い。打撲が三人。たぶん骨折はない」

「了解」

手を振った胡人青年は、もよりの医館はどこかと見物人に尋ねると俊敏に走り出した。

瓊花は急いで父と兄のもとに駆け寄った。店に飛び込んできた秋冥に、盥《たらい》に水を汲《く》んでくるよう言いつける。

駆けつけた金吾衛は、騎馬の旅帥《りょすい》（小隊長）の指示に従って地面でのたうつごろつきを次々に縛り上げていった。

「まだ中にふたり伸びてる」

店の入り口で、玄兎が背後を示す。うさんくさそうに彼を一瞥した武官は、ギョッと目を見開くと転げるように下馬して走り寄った。

「でん──」

「しっ」

鋭く制され、慌てて口を噤《つぐ》む。玄兎が何事か耳打ちすると、彼はかしこまって頷き、てきぱきと部下に指示してごろつきどもを引っ立てて行った。

入れ代わりに老年の医師をおぶって炎颷が駆け戻る。薬箱を手に汗だくで追ってくる若者は助手だろう。

盧家の男たちは冷たい水で顔をぬぐわれ、ようやく意識を取り戻したところだった。

医者の見立てによれば全員軽い打撲で、兄も派手に鼻血を噴いたものの鼻筋が曲がるおそれはないとのこと。

瓊花から話を聞き、父と兄は玄兎に三拝九拝した。

ホッとしたのもつかのま、店の惨状を目の当たりにすると二人ともすっかり意気消沈してしまった。瓊花も同様に、茫然と店内を見回すばかりだ。

「すまない。もう少し早く到着していれば災難も防げたのだが」

玄兎の言葉に、江生は悄然《しょうぜん》とかぶりを振った。

「とんでもないことでございます。あなたさまが通りがからねば、店はどうなっていたことか……。金吾衛が駆けつけたときにはすっかり破壊し尽くされていたでしょう。見ず知らずのわたくしどもをお救いくださり、いくら感謝しても足りません」

「いや、見ず知らずというわけではないが……」

訝しげな視線をちらと向けられて瓊花は焦った。その表情で察しがついたらしく玄兎は苦笑した。

「被害は甚大だが、必ず償わせる。損害額を計算しておいてくれ。もちろん、迷惑料も上乗せだ」

「あのならず者どもをご存じで？」

「直接は知らんが雇い主に心当たりがある。——ところでご主人、少々話があるのだが」

玄兎が表情を改めて言い出し、江生は怪訝《けげん》そうに目を瞬くと懇《ねんご》ろに一礼した。

「では、奥へどうぞ。――光風、片づけを頼む。瓊花は茶を淹れてくれ」

兄は返事をしつつ、奥へ案内されていく玄兎を不審そうに眺めた。

急いで湯を沸かし、盆に茶器を載せて応接間へ運ぶ。扉が開いていたので『失礼いたします』と一声かけて入室した瓊花は、びっくりして盆を取り落としそうになった。

父が平伏して床に額付《ぬかづ》いていたのだ。それを困りきった顔の玄兎がなだめ起こそうとしている。

何がなんだかわからないまま立ちすくんでいると、ようやく父がよろよろと身を起こした。店の惨状にも劣らぬ衝撃を受けたもようだ。江生は上の空で震える指を振った。

「瓊花、座りなさい」

「は、はい……」

ともかく卓子《テーブル》に盆を置き、茶を出してから父の隣に腰を下ろす。

玄兎は涼しい顔で茶碗を取り、香りを楽しんでから口に含んだ。

「うん、いい茶だ」

もちろん使ったのは上客用の最高級茶葉である。父は茶碗を手にしたものの、真剣な顔で茶碗を覗き込んだまま飲もうとしない。

「あの、お父さま？　ほこりでも入ってました……？」

「すまん、少々ぼんやりしていた。思いがけないお申し出をいただいたものだから」

「なんですか……？」

ふたりを交互にこわごわと窺い見た瓊花は、玄兎ににっこりされて赤くなった。

父がためらいがちに尋ねる。

「瓊花。この御方がどなたか知っておるのか？　端午節の折り、通行人に絡まれたのをお助けいただいたそうだが……」

「実は、玄兎さまとお名前を窺っただけでして。またいらっしゃるということでしたので、そのときに改めてお礼を、と」

「なぜすぐに言わなかった⁉」

「すみません、忘れてました」

忘れたというより言いづらかったというのが本当だが。街なかで男に絡まれたと知れば、過保護な兄が逆上して外出禁止を命じかねない。父だって用心するはず。

江生は眉間を摘まんで嘆息した。

「——失礼いたしました。このとおり、いささか抜けたところのある娘でして」

間抜け呼ばわりは心外だがそこは堪え、瓊花はおとなしく口をつぐんでいた。玄兎はおおらかな笑みを浮かべた。

「おっとりしていてよいではないか」

「親としては心配です」

「安心せよ。その心配ごと引き受ける」

どういう意味かと首を傾げると、江生はしかつめらしい顔でごほんと咳払《せきばら》いした。

「瓊花。この御方はな、凌雲国の二皇子さまであらせられる」

言葉の意味がすぐには理解できず、瓊花はぽかんとした。

二皇子さま。というのは――要するに、二番目の皇子さま……ということで。

凌雲国の第二皇子。……凌雲国の、第二皇子。

第二皇子……？

（そ、それ、それってつまり、つまり――）

つまり、名前を思い出せない、顔だちもうっすらぼんやりとしか思い浮かばない、祖母上《おばあさま》の又甥《またおい》の、公主《じぶん》の再従兄《はとこ》の……⁉

生きているのかさえもはっきりしなかった、あの、あの……。

「ひ……？」

穴だらけの記憶が大波となって押し寄せ、足を掬《すく》われたようにぐらりと眩暈に襲われた瞬間。脳裏で何かがチカリと光った。

ひ、え、い。

「――っ」

飛英《ひえい》。そう。彼の名前だ。凌雲国の第二皇子、驪逖飛英。

六つ年上の、兄と同い年の——。そうだ、玄兎というのは彼の字《あざな》(通称)ではないか。

生まれが卯年《うどし》だから、皇家のうさぎ。玄兎《くろうさぎ》。

どうして今まで気付かなかったのだろう。

「——お、おい、瓊花⁉」

すぐ隣にいる父の叫び声が、妙に遠くから聞こえた。

(……どうして天井が見えるのかしら)

背もたれのない椅子から仰向《あおむ》けに倒れつつあるのだと気付いたのは、素早く席を立った玄兎が床すれすれで抱き留《とど》めた瞬間だった。焦って覗き込む彼の顔が、急速に昏《くら》くなる。

(——よかった。生きてたのね)

あまりに怖くて、確かめることさえできなくて。

ごめんなさい。わたしはなんて臆病なの……。

「瓊花!」

彼の声が、十一年前の少年の声と二重唱のように響いた。

目覚めれば邸《やしき》の自室だった。瓊花はしばしぼんやりと牀榻《しんだい》の天蓋《てんがい》を見上げていた。

なんだか妙に現実感がない。

横たわったままぼーっとしていると、静かに房室《へや》の扉が開いて誰かが入ってきた。足音を忍ばせて牀榻に歩み寄った人影は、そっと帳《とばり》をめくって安堵の声を上げた。

「お嬢さま、お目覚めでしたか」

侍女の秋冥だ。薄緑の汁椀《しるわん》を載せた盆を持っている。

「棗《なつめ》と枸杞子《くこのみ》入りの汁物をお持ちしました」

瓊花はのろのろと身体を起こし、汁椀を受け取った。ほんのり甘みのある汁物を冷ましながら口に運んでいると両親が様子を見に来た。

「起きたか、瓊花」

「大丈夫?」

瓊花は汁椀を秋冥に返し、姿勢を直して頭を下げた。

「もう大丈夫です。でもわたし、どうしたのかしら……?」

「覚えてないのか?　店の奥で話をしていたら、いきなり倒れたのだ」

父に言われ、ぼんやりと記憶がよみがえってくる。

「……そういえば、玄兎さん、は……?」

「お手ずからおまえを房室まで運んでくださり、改めて出直すと仰ってお帰りになられた」

そうですか、と頷いて、ふと何か大事なことを忘れているような気がしてくる。

なんだっけ？　と首を傾げた瞬間、悲鳴が口をついた。

「そうだわ、玄兎っ……！」

「これ！　二皇子殿下に対して失礼だぞ」

そう。そうだった。玄兎は凌雲国の第二皇子で、一緒に華月国から逃げる途中ではぐれてしまって――。

またもや頭が混乱してくる。わたしを捜し出して迎えに来てくれた？　それとも単なる偶然？　わたしのことなんかとっくに忘れてて――。

頭を抱えてぎゅっと目をつぶると、江生が大きな溜め息をついた。

「まったく……。いきなり気絶するものだから、肝心な話ができなかったではないか」

「なんの話？」

まさか、自分の身元を盧夫妻に明かした……とか!?

江生は妻と顔を見合わせ、肩をすくめた。

「縁談だ」

「え、縁談!?　誰の!?」

「無論おまえに決まってる。つまりだな、二皇子殿下はおまえを妻に迎えたいそうだ」

瓊花は啞然と両親を眺めた。その様子に、また失神するのではと危ぶんだのか、姚氏が急いで傍らに座って手を握る。

「驚くのも無理はないわ。あまりに突然ですものね。でも、皇族に見初められるなんて光栄なことじゃない？」

「おまえさえよければ、すぐにも結納品を贈りたいそうだ」

いくぶん当惑ぎみだが、江生はまんざらでもない顔つきだ。

「――あの、皇族の結婚って、そんな簡単に決めていいものなんですか……!?」

「聖上《せいじょう》の許可は得たと仰っていたぞ」

「そ、それってつまり、断りたくても断れない……ってことなのでは!?」

「うん、まぁ、まだ正式に聖旨が出たわけではないから……どうしても厭だというなら断れなくもないが」

江生は言葉を濁した。断れば皇室御用達の看板がどうなるか不安なのだろう。

それでも娘の意向を尊重しようとしてくれている。それに気付き、ようやく気分がいくらか落ち着いてきた。姚氏もまた瓊花の手を優しく撫でて尋ねた。

「おまえも年頃だし、そろそろ縁談をと考えていたところなのよ。わたしは殿下に直接お目にかかっていないけど、旦那さまが言われるにはとても立派な殿方だそうね」

「はぁ……。それは、わたしもそう思います……けど」

「何か気になることが？」

「いえ、別に……」

瓊花は口ごもった。自分と玄兎の関係を口にするのはためらわれた。何しろ複雑極まりなく、説明しなければならないことが多すぎる。

華月国の宮廷で暮らしていた頃に初めて出会い、一目で好きになった。間違いなく初恋の人だ。玄兎は文武両道の美少年で、とにかく格好よくて優しかった。

今でもそれは変わっていない。街で浪子に絡まれたときも、店を荒らすごろつきを一掃したときも、立ち居振る舞いの清々《すがすが》しさ、鮮やかさは小気味よいほどで、恩きせがましさなど微塵《みじん》もなかった。

思い出すだけで胸がときめく。どうやら自分はまたもや彼に恋してしまったらしい。

十一年の歳月を経《へ》た、二度目の一目惚れ。

彼が瓊花のことを華月国の公主だと認識しているかどうかなど、もはや二の次だ。差し出された手を取らずにいることはできそうにない。

「その様子だと、厭ではなさそうだな」

父の言葉に瓊花は頰を染めて頷いた。姚氏はまだ心配そうに娘の顔を覗き込む。

「本当に進めていいの？　もしも店のことを気にしてるなら――」

「いいえ、とても嬉《うれ》しいです。先日、街で助けていただいたとき、また会いたいと言われて、是《はい》と答えました。そのときは二皇子さまとは知りませんでしたが……」

「まぁ！　それじゃ一目惚れ同士ね。すてきじゃないの」

姚氏は少女のように目を輝かせ、ぎゅっと瓊花を抱きしめた。

「あなた、さっそくお返事を――」

嬉々《きき》として言いかけた姚氏の言葉を遮って、バンと扉が開いた。兄が大股で入ってくる。

「お待ちください。父上、母上。その結婚、承諾できません」

「何を言い出すのだ、これほど光栄な縁組は望んで得られるものではないのだぞ」

「一概に光栄とは申せません。庶民の出身では、なれたとしてもせいぜい側室。下手をすれば単なる妾《めかけ》でしかない」

「お妾のわけないでしょ！　聖上の許可を得て、正式に結納品を贈ると仰っているのよ」

姚氏が憤然とする。いくら相手が皇族でも、妾として娘を差し出す気はないらしい。

ぎゅうと抱きしめられて瓊花は目を白黒させた。

「殿下は独身だ。妻はいないと仰っていた」

少しムッとしたように江生が言い返す。

「それは正室がいないという意味ではないのですか？　たとえ本当に独り身だとしても、いずれは皇族か貴族の中からふさわしいご令嬢を正室として迎えるはず。それくらいなら身分では及ばずとも裕福で誠実な平民に正妻として嫁いだほうが断然いい！」

江生は困り果てた顔で瓊花を見やった。

「おまえはどうなのだ？　側室としての嫁入りでもかまわないと言うのなら、このまま話を進めるが」

瓊花は絶句した。

もちろん納得などできない。凌雲国に限らず、中原とその周囲の国々では一夫多妻はあたりまえのこととされている。金持ちや権力者は何人も側室を持っていて当然なのだ。

凌雲国の場合は、皇太子の生母である皇后が五年前に亡くなって以来、皇后位は空位のままになっているものの、後宮には他に何人も妃嬪《おきさき》がいる。

華月国でも同様ではあるが、たまたま瓊花が宮廷で暮らしていた頃は妃は皇后ひとりだけだった。瓊花と兄の生母である。

養家でも江生には姚氏しか妻はいない。

そのせいか、頭では世間の常識を理解しているつもりでも、夫一人に妻が複数いるという状況が瓊花にはピンと来ないのだった。ましてやそれが当然だとはとても思えない。

「……どうする？　納得できないなら無理強いはしない。丁重にお断りする。先日お話しした印象では、殿下は権力を笠《かさ》に着て恫喝《どうかつ》するようなお人ではないと思う」

じろりと横目で見られ、兄が肩をすくめる。

「それに、おまえが嫌がるようなら無理強いはしないと、殿下ご自身がはっきり仰っていた。正直に言えば、おまえが皇族に嫁いでくれたら非常に鼻が高い。だが、そんなことより大事なのはおまえの気持ちだ。おまえには幸せになってほしい。二皇子殿下の側室になって幸せになれるとは思えないのなら、断りなさい」

優しく言われて目が潤む。そっと目許を押さえて瓊花は微笑んだ。

「ありがとうございます、お父さま。はっきりさせておきたいのですが、二皇子さまはわたしを側室にしたいと仰ったのですか？」

「いや、妻として迎えたいとの仰《おお》せだった。自分は独身であるとも仰っていた」

「ならば二皇子さまに直接伺ってから決めたいと思います。可能でしょうか？」

「もちろんだとも。そのように殿下にお伝えする」

父は頷くと、まだ文句を言い足りなそうな息子を追い立てるように房室《へや》を出ていった。

残った姚氏が励ますように瓊花の背を撫でる。その肩にもたれて瓊花は溜め息をついた。

過去と現在が錯綜《さくそう》しすぎて、頭の整理が一向に追いつかない。

「……頭が痛いわ」

思わず呟くと、姚氏がいそいそと勧めた。

「横になって休みなさい。心配しないで、けっして無理強いはしないから」

「ありがとう、お母さま」

ふたたび牀榻《しんだい》に伏せると、姚氏は控えていた秋冥を促して静かに房室を出ていった。

瓊花は衾《ふとん》を頭からかぶり、大きく吐息をついて目を閉じた。

数日後、とある茶館の二階で瓊花は玄兎こと飛英皇子と向かい合っていた。

今日の彼は瑞雲《ずいうん》文様の白い長衣をまとい、気品ある文人風の出《い》で立ちだ。髪は結い上げて銀冠をつけている。

瓊花は薄紅色の衫襦《さんじゅ》（ブラウス）に赤の長裙（ロングスカート）を胸高に合わせ、浅緑の長い帛帯《はくたい》を締めている。髪は後頭部に小さな髷《まげ》を作り、珊瑚《さんご》を嵌《は》め込んだ銀の釵《さい》（二又の簪《かんざし》）を挿した。

先に着いていた瓊花は、近づいてきた彼を見てドキッとした。これまで二回会ったときはいずれも動きやすい筒袖の袍衫《ほうさん》に褲《ずぼん》と革長靴《ブーツ》という恰好だったが、ふわりと広袖の長衣もよく似合う。

この場所を決めたのは父の江生で、二階は貸し切りにしてある。開け放たれた窓辺では初夏の風が薄紗《はくさ》をなびかせていた。

茶と菓子を出して店員が下がると、瓊花は畏《かしこ》まって一礼した。

「わざわざお運びいただき、恐縮でございます」

「会ってもらえて嬉しいよ。気を悪くしたのではないかと、危ぶんでいたのでね。いや、一度会っただけで求婚するのはさすがに不躾だったかと」

照れた口調に瓊花は唇の裏を噛《か》んだ。

一度会っただけ。

つまり彼は、瓊花が『瓊花公主』であるとは夢にも思っていないのだ。

もう十一年も前に別れたきり。しかもあの状況では、すでに死んだと考えていても無理はない。同じ名前にも特別な感慨はないのかもしれなかった。

わたしよ！　と叫びそうになるのをぐっと堪える。

彼が忘れていたら？　思い出してくれたとしても、たいして重みのない存在でしかなかったら？

思い出したことで気持ちが冷めてしまったら……？

十一年前、十四歳の玄兎にとって八歳の瓊花は妹にすぎなかった。彼には実の妹がいない——少なくともあの当時はいなかったから、妹のように接してくれたのだ。

でも、大きくなったら。

成長すれば、きっと一人の女性として見てもらえると信じていた。

かつての望みどおり、玄兎は瓊花を一人の女性として見てくれている。瓊花が、あの瓊花公主であると知らないまま。

今それを告げてしまったら、彼の気持ちが変わってしまうのではないか？　恋愛感情から、兄妹の親愛の情へと。

（そんなの厭！　せっかく好きになってもらえたのに）

一度会っただけで結婚したいと想《おも》ってくれるくらいに。

「――急いたことは認める」

玄兎の声に、ハッと顔を上げる。彼は真摯なまなざしで瓊花を見つめていた。

「ぐずぐずしていたら他の男に取られるのではと不安になったんだ。赦《ゆる》してほしい」

拱手して頭を下げられ、瓊花は焦って腰を浮かせた。

「そんな、顔を上げてください。わたし気を悪くなんかしてませんから。ですが……」

「なんだ？　気がかりがあるなら遠慮なく言ってくれ」

「あの、殿下はわたしを側室としてお望みなのですよね……？」

思い切って口にすると、玄兎は面食らった様子で瓊花を見返した。

「側室？」

「も、もちろん、わたしは商家の娘に過ぎませんから、皇族の正室になれないことは承知しています。身の程知らずと呆れられても仕方ありませんが、いつか殿下がご正室を迎えられるのだと思うと、やはり、どうしても、その……っ」

一気に吐き出し、うつむいて長裙の布地を握りしめていると、困惑した玄兎の声がした。

「どうも誤解があるようだな」

「申し訳ありません！」

「いや、そうではなく。私は最初からきみを正室として娶《めと》りたいと伝えたつもりだったのだが」

瓊花ははじかれたように顔を上げ、まじまじと玄兎を見つめた。彼の顔は至極真面目で、ふざけているとは思えない。

彼は軽く溜め息をつき、自ら茶のお代わりを注いだ。

「当然そのつもりだったから、わざわざ言わなかったかもしれないな。申し訳ない」

「で、でも、皇族の方々は庶民を正室にすることを禁じられているんですよね⁉ うちは科挙の受験資格もない商家ですし、たとえ官吏でも爵位を賜った家柄でないと……」

「だが、きみは――」

怪訝そうな面持ちで言いかけた玄兎は、ふいに言葉を切ると何やら考え込んだ。まさか、今になってやっと気付いた……とか？　そこまで浮かれていたようにも思えないが。

しばし思案していた彼は、いいことを思いついた悪戯《いたずら》っ子みたいな笑みを浮かべた。

「身分のことなら心配しなくていい。結婚の承諾を得てからと思ってたんだ。確かに皇族は平民との婚姻を禁じられているが、抜け道はいくらでもある」

「と言いますと？」

「皇族の養女になればいいのさ。もちろん、名目だけでいい」

「でも、どなたに……」

受け入れてくれる皇族が果たしているだろうか。

「伯母の晩霞《ばんか》長公主に頼もう。実子は男ばかりだから、きっと喜んで養女に迎えてくれるよ。そうだ、不安なら伯母の邸でしばらく過ごすといい。宮廷作法を教えてもらえばさらに安心だろう？」

確かに……と瓊花は頷いた。行儀作法はひととおり姚氏から仕込まれているが、宮廷での礼儀作法となると心許《こころもと》ない。八歳まで公主として宮廷で暮らしていたとはいえ、華月国でのことなので、凌雲国とは異なる点もあるはずだ。

「……本当に、わたしを正室に……？」

「もちろんだ」

きっぱりと断言され、じわりと胸が熱くなる。かつての交流を打ち明けるのは藪蛇《やぶへび》のように思えてきた。

打ち明けるのは後でいい。もっと絆《きずな》を深めてからのほうが、きっといいはずだ。

言い訳だと気づきながら、あえて意識の隅に押し込める。少しでも彼の恋心に水をさす恐れのあることは、すべて隠しておきたかった。

二度と失いたくない。こうして奇跡のように再会できたのだから、もう二度と離れ離れになりたくなかった。

第三章　初恋の実るとき

玄兎はその日のうちに、伯母の許諾を得たと伝えてきた。

今上帝の同母姉である晩霞長公主は、凌雲国の大将軍に降嫁している。息子は四人いるが娘はなく、甥から話を持ち掛けられると大喜びで承諾した。

正室として嫁げることがはっきりしても兄はまだ納得がいかないようで、今度は皇帝がこうもあっさり平民との婚姻を許可したのがそもそも怪しいなどと言い出した。

皇族の養子になっての婚姻など、よほどの特殊事情でもなければ許されないはずだと言い張り、果ては本当に皇帝の許可があるのかと疑う。

しかしそれも宮城《きゅうじょう》（王宮）から皇帝直属の太監《たいかん》（宦官《かんがん》長）が聖旨《せいし》を携えて盧家を訪れ、家族全員がひれ伏す前で詔を読み上げると完全なる現実として受け入れるしかなくなった。

皇帝は瓊花に対し、晩霞長公主の養女となって飛英皇子に嫁ぐよう命じていた。皇子妃の身分にふさわしく、鳳花《ほうか》郡主《ぐんしゅ》に封じるという。

称号だけで俸祿《ほうろく》も封地《ほうち》もないが、身分としてはれっきとした貴族である。

花嫁修行を兼ねて一月ばかり晩霞長公主のもとで暮らすことになり、瓊花は母に付き添われて盧家を出た。嫁入りも長公主の夫君である大将軍の邸宅からだ。もちろん、そのときには家族全員が見送りに来る。

玄兎の言ったとおり、晩霞長公主は瓊花を歓迎してくれた。息子たちはすでに成人し、全員が武官だ。それぞれ司令官として任地に赴いており、京師《みやこ》の邸に住んでいるのは夫妻だけなので、長公主だけでなく夫の大将軍も瓊花が養女となったことを喜んでいた。

長公主は今でも宮城に自分の宮殿を持っており、時々訪れるそうだが、『宮廷は窮屈だから好きじゃないのよ』と屈託なく笑った。

結婚するにあたり、玄兎は翼《よく》州の王に封じられた。今は宮城の一角に宮殿を賜って住んでいるが、結婚後は皇城《こうじょう》（官庁街）近くの坊里（街区）に移る。

空いている皇族の邸のひとつを王府とし、夫婦二人で暮らすのだ。今はその改装工事を急ぎ進めているところである。

気さくな長公主は姚氏ともすぐに意気投合し、花嫁衣装や嫁入り道具を相談しながら揃《そろ》えた。瓊花の房室《へや》には真紅の花嫁衣装や、黄金の装飾品が並び、本当に嫁ぐのだという実感が日に日に増してゆく。

あっというまに一月が過ぎ去り、挙式当日となった。

大将軍府の門扉は大きく開け放たれ、緋毛氈《ひもうせん》が広大な院子《なかにわ》を通って正房《おもや》まで続いている。

門の上からは真紅の花綱が垂れ下がり、門前を守る一対の神獣の首にも赤い布で作った花飾りが巻きつけられ、誇らしげに胸を張っているかに思われた。

近隣の住民たちがこぞって見物に押しかけ、門前は大賑《おおにぎ》わいだ。入り口に立つ大将軍も黄金色に輝く甲冑《かっちゅう》の上から赤い花飾りをたすき掛けして、上機嫌に頷いている。

やがて群衆から歓声が上がったかと思うと、豪華な花轎《かきょう》（花嫁を乗せる駕籠《かご》）を先導して騎馬の飛英皇子が現れた。

人々から歓呼の声と拍手が巻き起こる。

これまで飛英皇子はほとんど民衆の前に姿を現したことがなく、みな興味津々だ。とりわけ女性たちは二皇子殿下の玲瓏《れいろう》たる面差しに感嘆の溜め息を洩《も》らした。

金刺繍《ししゅう》を施した紅錦《こうきん》の花婿装束に身を包み、頭頂部で結った髪は赤瑪瑙《めのう》を嵌め込んだ金冠でまとめている。涼しげな美貌が、さらに冴《さ》え冴《ざ》えと際立つ。

花轎のすぐ後ろには侍衛頭である炎飈が騎馬で続き、揃いの衣装をまとった侍女たちが十二人、二列になって従う。

その背後には槍《やり》を手に正装した衛士《えじ》たちがやはり二列で二十人ほども足並みを揃え、殿《しんがり》は兜《かぶと》から赤い房をなびかせた甲冑姿の武官四名だ。

飛英皇子は大将軍府の門前で下馬すると、石段の下で拱手一礼した。

「凌雲国第二皇子驪逖飛英。我が花嫁、鳳花郡主を迎えにまかり越した」

「ようこそ参られた」

大将軍は大股に石段を駆け降り、うやうやしく答礼した。皇子を促して階段を上がると控えていた召使に頷く。即座に奥まで合図が伝わり、朗々たる声が響きわたった。

「花嫁のおなりー」

奥から緋毛氈を踏んでしずしずと花嫁が現れる。

真紅の絹に金糸で瑞祥《ずいしょう》文様を刺繍した絢爛《けんらん》たる花嫁衣装に身を包み、その手を取るのは晩霞長公主だ。後ろには潤んだ目を伏せて姚氏が続く。

花嫁の顔は真紅の面紗《ヴェール》で隠され、見えているのは長公主に取られた指先だけだ。そのほっそりした指に自分が贈った大粒の翠玉《エメラルド》を嵌め込んだ黄金の指輪が輝いているのを見て、飛英皇子は目を和ませた。

ふたりは門前で向き合い、互いに一礼した。花嫁は花婿に手を取られてゆっくりと石段を下り、花轎へ乗り込む。皇子がふたたび馬にまたがると、逞《たくま》しい駕丁《かごかき》四人が花轎を担ぎ上げ、台が外された。

行列が出発すると同時に控えていた大将軍の愛馬と軍府の馬車二台が門前につけられる。大将軍は颯爽《さっそう》と馬にまたがって行列に続き、他の家族たちも急ぎ馬車に乗り込む。

長公主と姚氏の馬車の傍らにはそれぞれの侍女が付き従い、後続の馬車には盧江生と息子ふたり――次兄も副都から駆けつけた――が乗っている。盧家の面々も特別な計らいで婚礼に参列を許されたのだ。

花嫁行列は笛と鉦の楽隊を従えてにぎにぎしく大通りを行進し、朱雀《すざく》門から皇城へ入った。中央の承天門の前で左に折れ、西側の永安門から宮城へ入る。

楽隊はここまでで、以後は広大な宮城を粛々と進む。婚礼を上げる宮殿前の広々とした院子《なかにわ》で轎が下ろされた。そこから宮殿へも驚くほど幅の広い緋毛氈が延々と続いている。

皇子の介添えで花轎を下りた花嫁は、そのまま手をつないで宮殿へと入った。高座にはすでに五爪の龍《りゅう》が刺繍された黄錦の長袍をまとう皇帝が待ち構えていた。

皇帝の右手には、皇后が空位の現在、最高位の妃である宋《そう》貴妃が澄まし顔で端座している。階の下、向かって右側の最も高座に近い卓に着いている痩せぎすの青年が皇太子だ。

穏やかで優しい面差しの美青年だが、母が違うせいか飛英皇子とはあまり似ていない。

鮮やかな彩色円柱が林立する前にずらりと並んだ卓には文武の重臣が着座している。

皇太子の向かいと隣の卓は空いており、大将軍と長公主が隣に案内された。

盧家の四人は入り口近くの下座だ。実家族とはいえ平民であり、また瓊花はすでに晩霞長公主の養女となっているため、これは致し方がない。

四人も不満そうではなく、むしろ緊張しきっている。なにしろ凌雲国を統治する皇帝と陪席しているのだ。

花嫁と花婿が手を取り合って進み出ると、皇帝は玉座から満面の笑みで身を乗り出した。

「待ちかねたぞ。さぁ、婚礼を始めよ」

皇帝の声に純白の払子《ほっす》を手にした太監が進み出て、式次第を言上した。

その声に従って皇帝、長公主夫妻に拱手拝礼し、最後に互いに一礼して、皇子が花嫁の面紗《ヴェール》を上げる。瓊花は感極まって花婿を見つめた。

(本当に玄兎の花嫁になれるのね……)

思わず落涙しそうになると、玄兎が優しく微笑んだ。

ふたたび皇帝に跪《ひざまず》き、揃って深々と拝礼する。皇帝は整った顎ひげを満足そうに撫でて頷いた。

「これでふたりは夫婦となった。鳳花郡主よ、我が娘として歓迎するぞ」

「恐れ入ります」

緊張で震える声で答え、瓊花は三たび額付いた。その手を優しく皇子が取って立ち上がらせる。宦官の案内でふたりは皇太子の向かいの席についた。

皇帝が祝杯の音頭を取り、宴が始まった。美しい衣装をまとった踊り子たちが入れ代わり立ち代わり現れて見事な舞いで宴に興を添える。

卓子《テーブル》には山海の珍味が次々と並んだ。料理が盛られた器は美しい青磁で、おそらく玄月堂が納品した華月国の逸品だろう。西域からの献上品である玻璃《ガラス》の酒器に入っているのは紅玉色の葡萄酒《ぶどう》だ。

こんな大規模な宴、それも高位高官が列席する場に出たのは初めてで、せっかくのご馳《ち》走《そう》も緊張のあまり喉を通らない。

飛英皇子が気遣って、食べやすそうな料理を小皿に取り分けて勧めてくれた。どれもとても美味《おい》しいけれど、やはり実家の食卓のようにぱくぱく食べることはできなかった。

やがて皇帝が貴妃を従えて去り、皆で深々と頭を下げて見送る。新婚夫妻も皇太子に改めて挨拶をして退出した。

今度はふたりで馬車に乗って新居へ向かう。瓊花は皇子に肩を抱かれ、うっとりともたれかかって馬車に揺られていた。未だ夢うつつの気分だ。

新居もまた紅布で飾りたてられ、院子《なかにわ》は無数の提灯《ちょうちん》で照らされていた。執事や女中頭を始め大勢の召使たちにうやうやしく出迎えられて、赤尽くしの洞房《しんしつ》に入る。

卓子には赤い紐で結ばれた金の酒杯と、金飾りのついた白磁の優美な酒器の他、軽食が用意されていた。

並んで卓子につくと、玄兎は馬車から降りるときにふたたび下ろされていた面紗をそっとめくった。今度は冠の上に上げるのではなく、すべて取り去ってじっと瓊花を見つめる。

「……綺麗《きれい》だ」

彼は酒杯に酒を注ぎ、ひとつを瓊花に渡し、もうひとつを手に持った。

見つめ合って頷きあい、赤い紐で結ばれた杯を口に運ぶ。一息に飲み干し、かちりと金杯を合わせて玄兎は微笑んだ。

「これできみは私の妻だ」

「これで殿下はわたしの夫です」

「ふたりのときは玄兎と呼んでくれないか。これまでと同じように」

「……玄兎」

嚙みしめるように囁《ささや》くと、ぎゅっと抱きしめられた。

彼は情熱的に瓊花を見つめながら優しく頰を撫でた。

「やっと見つけた」

しみじみとした呟きにドキッとする。

「もう二度と離さない」

感慨のこもった囁きに胸がざわめいた。

彼のまなざしには恋心や喜び以上のものが秘められているように思えたが、それを口にすることはできなかった。声を上げる前に口をふさがれたからだ。

唇が重なった瞬間、何もかもが意識から跳んだ。

堰《せき》を切ったような激しいくちづけに、くらくらと眩暈がした。どう反応したらいいかもわからないまま、おずおずと彼の背に腕を回す。

続けざまに唇を吸われ、甘く食《は》まれるうちにどうしようもなく感情が込み上げ、瓊花は無我夢中で彼にしがみついた。

情熱的な接吻《せっぷん》を幾度も繰り返し、名残惜しげに離れた唇に唾液の細い橋がかかる。淫靡《いんび》さにどぎまぎして瓊花は赤くなった。

朱の射《さ》した目許を玄兎が愛《いと》しげに指でたどる。性急さを詫びるように、頬や瞼《まぶた》に優しく唇で触れてゆく。瓊花は安心して抱擁に身をゆだねた。

彼は自分を傷つけない。絶対に。それはゆるぎない確信だ。

玄兎は眦《まなじり》に溜まった涙を気づかわしげにぬぐった。

「心配するな。無理強いはしない。厭なら何も――」

「違います」

瓊花は強くかぶりを振り、彼を見つめて微笑んだ。

「ただ、嬉しいの。こうして、あなたに出会えたことが……」

「瓊花」

玄兎は声を詰まらせ、食い入るように瓊花を凝視した。その黒い瞳が言葉にならない激情で揺らめいているように思える。

「――すまない」

唐突に詫びられ、瓊花は目を瞬いた。

「どうして謝るの？」

「もっと早く、きみを見つけたかった」

今度は瓊花が絶句する。

それはどういう意味なのだろう？　今の瓊花ともっと早く出会いたかったのか。それとも、生き別れた遠縁の瓊花公主だと知った上での発言なのか。

確かめたい。でも、知るのが怖い。

もし、そうではなかったら……？

期待を裏切られるのが怖くてたまらなかった。あまりにも自分勝手な願望だとわかっていても。

「……遅くはないわ」

静かに微笑んで囁くと、玄兎は瓊花の手をぎゅっと握りしめた。

「約束する。必ずきみを幸せにする。必ずだ」

頷いて彼の頬を撫でる。

「信じているわ」

囁くと同時に強く抱きしめられる。そのあたたかさ、力強さに涙がこぼれた。

優しい養家の人々に囲まれていても、心の奥にはどうにもならない心細さが巣くったままだった。固い氷のようだったそれが少しずつ溶けだし、心を潤してゆく。

唇を重ね、覗き込んだ彼の瞳にまぎれもない愛を見出《みいだ》して深い満足を覚える。

ずっとそれが欲しかった。小さな頃からずっと。そして初めて理解した。十一年前、彼と離れ離れになった瞬間から、自分の時間は止まったままだったのだと。

氷のなかに閉じ込められた小魚のように。

魂《こころ》は凍りついて時を止めたまま、魄《からだ》だけが周囲に適応し、状況に合わせてそつなく振る舞っていたのだ。

だから動けなかった。自分にはすべきことがあるのだと頭ではわかっていても、薄膜を通したみたいにぼんやりとして、どこか他人事《ひとごと》のようで現実感がなかった。

頭にかかっていた霧がようやく霽《は》れた。玄兎が見つけてくれたから。再会できたから。

瓊花は彼にしがみつき、頑是無い子どものように訴えた。

「お願い、わたしを離さないで！　二度と独りにしないで！　お願い……！」

玄兎は驚いて瓊花の顔を覗き込み、なだめるように背をさすった。

「もちろんだ。絶対に離すものか」

確かな声音に安堵すると、気恥ずかしさが込み上げた。

照れくさくなって身を起こしたとたん、またもやぎゅっと抱きしめられる。

「頼まれたって離さないからな」

甘く、優しく、どこか悪戯っぽく言われて顔が熱くなる。おずおずと見上げると、彼はにっこり笑って瓊花の額にくちづけた。

「どうやら俺の本気度を示す必要がありそうだ」

少し無頼な、くだけた口調がなんだか懐かしくて、たじろぐよりもときめいてしまう。

「別に疑ってなんか……っ」

「厭なのか？」

目を丸くしてぶんぶんかぶりを振ると、玄兎は笑い声を上げた。

「瓊花はかわいいな。……本当に、かわいい」

妙にしみじみ言われて思わず赤面する。玄兎は花嫁衣装の外衣にそっと手をかけた。促されるまま脱いでいき、気がつけば汗衫《したぎ》姿になっていた。

黄金の鳳冠や豪華な歩揺《ほよう》（揺れる簪）もひとつひとつ彼の手で外されていく。玄兎もまた婚礼衣装を脱ぎ捨てると、瓊花を抱き上げて牀榻《しんだい》に運んだ。

褥《しとね》に座り込み、しばし甘いくちづけを交わして睦《むつ》み合う。玄兎は瓊花を横たえると二重になった紗《しゃ》の帳を下ろした。

封じ込めるようにのしかかられ、間近から見下ろされて瓊花はどぎまぎした。

「やめてほしいなら今のうちだぞ？　厭だと言ってももう聞かないからな」

「厭じゃないって言ってるでしょ」

腕を伸ばし、彼の首に絡ませて軽く睨む。ふふっと笑って玄兎は唇を重ねた。

とろけるような甘い口づけにうっとりしていると、歯列をくぐって舌が滑り込んだ。

反射的に目を瞠る。口腔《こうこう》を探られる初めての感覚と、ちゅぷちゅぷと淫らな水音に瓊花は頬を染めた。

房事については無知だったので、嫁ぐにあたって長公主がおおまかなことを教えてくれた。初めて耳にすることばかりで啞然としたが、そういうことを玄兎とするのだと想像しても、不安はあれど厭な気分にはまったくならなかった。

それどころか身体の奥のほうにむず痒《がゆ》いような感覚が湧き起こり、こそばゆい疼痛《とうつう》が秘玉に走ったことにとまどう。もちろん、そんなことは長公主にも姚氏にも言えなかった。

厭だったら我慢せずはっきり言っていいのよ、と長公主は念を押した。

相和《そうわ》してこそ夫婦なのだから遠慮することはない。共寝が苦痛であるようなら、円満な夫婦生活は送れない、と。

(全然厭じゃないもの……)

首筋をぺろりと舐《な》められ、瓊花はくすぐったさに肩をすぼめた。

玄兎の掌が汗衫の襟から入り込み、優しく乳房を包む。大きさを確かめるようにやわやわと揉まれ、中心がきゅっと固くなる。

それを指先で摘まみ、くりくりと紙縒《こよ》られると、何故か身体の中心部が痛いほどに疼《うず》いた。陰《ほと》の奥に隠れた花芽が、ぷっくりと張りつめていくのがわかる。

帯を解かれ、汗衫の合わせが大きくはだけられる。反射的に瓊花は小さく悲鳴を上げて顔を覆った。衣服を脱がねばならないとわかっていても、実際に裸身を晒すとなれば平静ではいられない。

顔を覆ってぷるぷる震えていると、感心したような玄兎の呟きが聞こえてきた。

「ふむ。やはりずいぶん大きい」

瓊花は真っ赤になった。胴回りや四肢がすんなりほっそりしているわりに、瓊花は胸や腰が大きいのだ。胸高に帯を締める長裙のおかげで傍目《はため》にはわからないが。

「……大きいとだめ？」

こわごわ尋ねると、玄兎は噴き出すように破顔した。

「まさか。胸が大きかろうが小さかろうが、瓊花の魅力に変わりはない。予想以上に大きかったから、ちょっと驚いたのさ」

そう言って玄兎は上機嫌に乳房を捏《こ》ね回《まわ》した。玄兎が気に入ってくれたなら、とホッとする。

がっしりした掌で円を描くように揉みしだかれ、最初は快感とも違和感ともつかぬ感覚に当惑するだけだったが、次第になんとも言えない心地よさが生まれてきた。

とりわけ乳首はひどく感じやすく、軽く扱《しご》かれただけで心地よさにぞくぞくして、鳥肌が立ちそうになる。

それに気付いたのか、玄兎はいきなり乳首をぱくりと銜《くわ》えた。

「ひ⁉」

驚愕《きょうがく》に顔を上げると、彼は上目づかいににんまりして、見せつけるかのように大きく舌を出してゆっくりと先端を舐めた。

「あ……や……それ……っ」

「厭、か？」

そのかすような問いに、声を詰まらせる。涙目になって唇を噛むと、玄兎は苦笑して詫びるように頬にくちづけた。

「すまん。苛《いじ》めるつもりはないんだが、あまりにきみがかわいくてね」

「……厭ではないの」

「うん」

「ただ、その……」

「うん。ゆっくりでいい。無理強いはしない。我慢を強いるようなこともしない。さっきも言ったが気が進まないなら焦らなくていいんだ。きみを娶ったのは、思う存分甘やかして大切にするためなんだから」

呆気《あっけ》にとられた瓊花は、彼の言葉を呑み込んでカーッと赤くなった。

「そ、そんな」

「瓊花は俺のことが好きかな？」

「もちろん！」

刹那の迷いもなく言い切る。軽く目を瞠った玄兎は嬉しそうに微笑んだ。

「じゃあ、甘やかされてくれるね？」

いいのかしら……とためらいつつもやっぱり嬉しくて、こくんと頷く。玄兎はにっこりして瓊花を抱きしめた。

しばし抱き合って濃密な接吻を繰り返すと、玄兎は身を起こして汗衫《したぎ》を脱いだ。あらわになった逞しい裸身は無駄なく引き締まり、思わず見惚《みと》れてしまう。

優しく組み敷かれ、ふたたび胸を揉まれながら中心を吸われた。さっきよりもずっと快感が鮮明だ。

両方の乳房を執拗《しつよう》に愛撫《あいぶ》され、我知らず息が弾む。玄兎の掌に包まれて捏ね回され、ふよふよと形を変えるふくらみがひどく卑猥《ひわい》に思えて赤面してしまう。

どうしていいかわからないまま身をゆだねるうちにも、玄兎は瓊花の全身をくまなく愛撫した。平らな腹部から腰へ掌を滑らせ、臀《しり》のふくらみをくるりと撫でたかと思うと、ぐっと太腿《ふともも》を押し上げる。

「あっ……」

秘処をあらわにされ、反射的に肩を押し返した。玄兎は瓊花の手を取り、指先にそっとくちづけた。

「怖い？」

「……少し」

正直に答えると、玄兎は瓊花の手を自分の頬に押し当てて微笑んだ。

「優しくする」

こくんと頷き、逞しい背に腕を回す。彼は瓊花の首筋や顎の下に繰り返し接吻しながら、腿《もも》の内側をゆっくりとさすった。

彼の手が上下するたびに産毛が逆立つようなぞくぞくした感覚に襲われ、震える唇を噛みしめる。やがて指先が薄い茂みをかいくぐり、花びらを押し開いた。

つぷん、と指先が泥濘《でいねい》に沈む感覚が伝わり、瓊花はびくりとした。

この熱く濡《ぬ》れる感覚は、月のものが訪れたに違いない。

（そんな。その時期じゃないはずなのに……っ）

混乱と羞恥に身を縮めながら必死に詫びる。

「ご、ごめんなさい……！」

なだめるように玄兎が囁いた。

「大丈夫だ、謝ることなどない」

「汚してしまったわ」

「何を言うんだ、汚いわけないだろう」

苦笑して指を舐められ、唖然とする。彼の唇にも指にも、赤い痕跡はない。

玄兎はふたたび花弁のあわいをまさぐり始めた。くちゅくちゅと水音がして、ぬめる感覚もあるから濡れているのは間違いないが、懸念したものとは違うようだ。

ホッとしてこわばりを解いたとたん、ぞくりとする快感が突き上げ、瓊花は思わず甲高い声を上げた。

「あんっ」

玄兎の指が、探り当てた秘玉をくりくりと弄《いじ》りだしたのだ。今までとは段違いの鋭利な快感に惑乱し、喘《あえ》ぐことしかできない。

「気持ちいい？」

甘く問われ、わななく唇を嚙む。こらえきれず、こくりと瓊花は頷いた。この感覚は、気持ちいいで済ますには強烈すぎる。さりとて他に当てはまる言葉は思いつかない。

変な声が出てしまいそうで、拳を口許に当てて懸命に喘ぎを押し殺す。そんな瓊花を見つめながら玄兎は指先で花芯を摘まんで捏ね回した。

容赦ない刺激に初々しい媚珠ははじけそうなほどぱんぱんにふくれあがっている。この小さな肉芽がこれほど強烈な快感をもたらすなんて、とても信じられない。

頭は混乱の極みでも、肉体は未知の快感に従った。ぞくぞくと下腹部がわななき、内臓がよじれるような違和感が込み上げる。

漏らしてしまいそうな感覚に、瓊花は慌てて玄兎の手首を掴んだ。

「だ、だめ！　離して……っ」

玄兎はやめるどころかますます動きを速めて濡れそぼつ花芽を刺激する。下腹部の違和感はもはや耐えがたいほどに高まり、ついに抵抗の限界を越えた。

強烈な快感に押し流され、意識が真っ白になる。見開いた目には何も映らず、脳裏がじんじんと痺《しび》れる。

びくっ、びくんっと身体が撥《は》ね、奥処から噴き出した熱い淫蜜がとろとろと媚肉を伝う。

朦朧《もうろう》とした視界で心配そうな玄兎の顔がようやく焦点を結んだ。

「大丈夫か？」

ぼんやりと頷く。

「……なに、が……？」

「達したんだ。気持ちよくなったんだよ」

優しく言われてぽかんとした瓊花は、意味を悟るなり赤面した。

（気持ちいいって……こういうこと……）

今まで知らなかった感覚。一度知ってしまえば、知らなかった頃にはもう戻れない。そんな少し切ない確信があった。

無邪気な少女時代は終わった。

人妻となることの意味が、ようやく理解できた。

今までは、まだどこかままごとめいた感覚だった。房事の手ほどきを受けても実感はなく、真紅の婚礼衣装をまとって天地と父母に拝礼する儀式までしか意識になかったのだ。

胸を締めつけられるような切なさを覚えて溜め息を洩らすと、玄兎が不安げに見つめた。

「気に入らなかった？」

かぶりを振り、ぎゅっと抱きつく。彼は優しく背中を撫で、抱きしめてくれた。

「大丈夫だ。俺が付いてる。ずっと側にいる。命に代えてもきみを守る。約束するよ」

真摯な声音が嬉しくて、胸に顔を押し当てて何度も頷いた。

ずっと甘えていた。家族みんなに甘えてばかりだった。無責任な子どものままで、ずっと無為に過ごしていたのだ。しみじみと、それを実感した。

「……玄兎のお嫁さんにして」

幼い日、甘やかされた公主の自分が叫んだ言葉を嚙みしめるように繰り返す。

あれから長いあいだ自分の時は止まっていた。玄兎のお嫁さんになると言い張ったのも、子どもっぽい憧れにすぎなかったと思う。

でも、今は違う。彼とともに人生を歩みたい。たとえそれがどんなに困難であろうとも、手を取り合い、互いを慈しみながら立ち向かいたい。

長い長い眠りから覚めたような感慨とともに、じっと彼を見つめる。目を瞠っていた玄兎は、ふっと笑みを洩らすと瓊花の頬を撫でた。

「もちろん、そのつもりだ。……ずっとそのつもりだったよ」

囁いて唇を重ねる。舌を絡め、貪るような接吻を何度も繰り返すと、玄兎は瓊花の脚を大きく広げ、膝に抱え上げた。

「……いいね？」

顔を赤らめながらこくんと頷く。

おずおずと彼の下腹部に目を遣り、反り返った陽根《ようこん》にどぎまぎする。そういうものだと教わってはいたが、実際に見たそれは予想よりも遥かに長く、太いように思われた。

怖くないと言えば嘘《うそ》になる。だって、本当にあれが挿入《はい》る？　身体が裂けてしまいそう。でも、今はむしろその苦痛を受け入れたい。

そうすることで、無責任な子どもでいたがる自分と決別したかった。

剛直の先端が、蜜口にあてがわれる。ひときわ張り出した傘の部分が、ぬくりと蜜孔に沈んだ。それだけで処女襞はもういっぱいに張りつめてしまう。

思わず息を詰めると、あやすように玄兎は囁きかけた。

「力を抜いて」

言われたとおりにするのは難しかったが、なんとかこわばりを解こうと努める。何度も甘く唇を吸われるうちに、漸《ようよ》う力が抜けてくる。

その機を逃さず、玄兎は身を起こすと同時に腰を押し進めた。ずぷりと肉槍が最奥に突き刺さる。

「ひぁっ」

貫かれる痛みと衝撃に、背が反り返る。ぶわりと涙が浮かび、瓊花は顎をこわばらせて喘いだ。

玄兎は息を詰める瓊花を膝の上に抱き上げ、優しく背中をさすった。

「痛かったな、すまない」

無言で抱きつき、懸命に息を整える。やっと落ち着いてくると、じんわりと秘処は痺れていたが、彼と繫《つな》がっていることははっきりとわかった。

張りつめた剛直が、みっしりと隘路《あいろ》を埋めている。いっぱいにふさがれているにもかかわらず、不思議と異物感はない。むしろ隙間なく密着していることに、安堵と幸福感を覚えた。

上目づかいに見上げると、玄兎は微笑み、甘い接吻をくれた。唇を吸いねぶりながら、ゆっくりと腰を揺らし、奥処を小突き上げる。うっとりするような心地よさに、瓊花は自らもぎこちなく腰をくねらせた。

破瓜《はか》の痛みはまだ残っていたが、次第に快感がそれを上回り始める。玄兎は瓊花の臀を抱え、激しく腰を突き上げた。

雄茎が突き立てられるたび、目の前でチカチカと光がはじける。

「ぁふっ、んぅっ、んっ、んっ、あんっ」

濡れた唇から嬌声《きょうせい》がこぼれ落ち、その淫猥《いんわい》さに眩暈がした。それでもはしたなく腰が蠢《うごめ》くのを止められない。

間違いなく、自分は悦《よろこ》んでいる。玄兎の屹立《きつりつ》に貫かれ、欲望のままに激しく突き上げられることを。

「あ、あ、げん……と……ッ。い……ぃ……」

「悦い？」

「ん、ん」

無我夢中で頷く。

「いっぱい達《イ》かせてやる」

情欲にかすれた声音にさえ、ひどく感じてしまって下腹部がきゅんきゅん疼いた。

胡座《あぐら》をかいた彼に跨がった恰好で揺らされているので、敏感な花芽や乳首がこすれて、ますます性感を煽《あお》られてしまう。

初花を散らされたばかりの瓊花にできるのは、彼にしがみついてあられもなく喘ぐことだけだ。

「あっ、はぁっ、あんっ、んんっ、ん――ッ」

何度目かの絶頂に放心し、快感に潤んだ目をぼんやりと瞬く。涙で重くなった睫毛《まつげ》を伏せ、瓊花はくたりと玄兎にもたれた。彼の熱杭は未だ猛《たけ》り、荒ぶったままだ。

まるで自分が貪り食われているような倒錯した感覚に、ぶるりと震える。玄兎は、はぁっと熱い吐息をつくと唇を舐め、飢餓感を押さえかねた目つきで瓊花を見つめた。

「……たまらないな。きみを夢心地にさせるつもりが、いつのまにか俺のほうが夢中になってる」

ぐっ、と腰を突き上げられ、背骨を駆け上る快感に嬌声を上げてのけぞる。

「まったく、いけないお姫さまだ。ひょっとして、俺はまずいことをしてしまったのかもしれないな……。こんなに快楽に弱いようでは、おちおち留守にもできん」

「ぁ……ごめ……なさ……っ」

わけもわからないまま懸命に赦しを請う。その唇を玄兎が噛みつくようにふさぐ。

「絶対浮気なんかするんじゃないぞ。相手を殺しそうだ」

「しな……っ、しないわ……っ」

しがみついて無我夢中で訴える。

「好きなのは、玄兎だけ……!　ずっと、好きだったの……っ」

「瓊花っ……」

玄兎は荒々しく瓊花を押し倒すと、さらに激しい抽挿を始めた。肩に担がれた両脚が空中で頼りなく揺れる。濡れた肌がぶつかりあい、ぱんぱんと淫らな打擲《ちょうちゃく》音を響かせる。

瓊花はもはや意識朦朧となって揺さぶられていた。初めてなのに何度となく達かされ、とうに限界を超えている。

執拗に蜜孔を突き上げていた玄兎の息が、切羽詰まったように荒くなる。一段と抽挿が速まったかと思うと、彼はぶるりと震えて強く腰を押しつけた。

胎内で熱い飛沫《しぶき》がはじける。彼が腰を打ちつけるたびに熱液が噴出し、蜜壺をいっぱいに満たした。情欲を残らず吐き出して、ようやく彼は腰を引いた。

満足した雄茎が抜き取られると、破瓜の血と混ざり合った白濁が蜜口から堰を切ったようにとろとろとあふれだした。その淫猥なさまに目を細め、玄兎は半ば失神してぐったりとする瓊花の傍らに横たわった。

上気した裸身を抱き寄せ、愛しげに抱きしめる。

「絶対離さない」

執着をにじませた囁きが、甘く耳をくすぐる。答える代わりに彼の背を撫で、広い胸板に鼻先を押しつけると、瓊花はほとんど気絶のような眠りに引き込まれていった。

第四章　幼き日々の幸福と暗転

目が覚めると、すぐ前に玄兎の顔があった。幸せそうに微笑んでいる。

夢だと思ってそのままぼーっとしていた瓊花は突如として我に返り、反射的に距離を取ろうとして牀榻《しんだい》から転げ落ちそうになった。玄兎が慌てて抱き寄せ、事なきを得る。

「危ないだろ！　脅かすなよ」

「そ、それはこっちの台詞よ」

言い返すと目を丸くした玄兎は、ぷっと噴き出した。

「色気がないなぁ。昨夜はあんなに激しかったのに」

思わせぶりにニヤリとされて真っ赤になる。

「なっ、なにっ、を……!?」

「ま、そこが瓊花のかわいいところなんだけどな」

くっくっと上機嫌に彼は笑った。

「一緒に風呂に入ろう。起きるのを待ってたんだ」

「お、お風呂?」

彼は頷き、下ろしたままの帳から手を出すと、脇卓に置かれた鈴を振った。扉の開く音に続いて秋冥の声がする。

「お呼びでしょうか」

「湯浴《ゆあ》みの準備はできたか?」

「すでに万端整っております」

自信たっぷりに侍女は答えた。

「ご苦労。下がってよい」

「失礼いたします」

うやうやしく答えて秋冥が下がると、玄兎は帳を捲《まく》った。

「隣室に浴槽を用意させた。冷めないうちに入ろう」

言うなり無造作に瓊花を抱き上げる。むろんふたりとも裸だ。

「ちょ、ちょっと待って!」

「誰も見てない」

彼は裸足《はだし》のまま円形の戸口を抜けて隣室へ入った。

そこには衝立《ついたて》に仕切られて木製の大きな浴槽が置かれていた。なみなみと張られた湯には玫瑰《バラ》の花びらが贅沢《ぜいたく》に浮かび、傍らには足し湯用の熱湯の入った桶《おけ》もある。

玄兎は瓊花を一旦下ろし、温度を確かめた。

「うん、適温だ」

ふたたびひょいと瓊花を抱き上げ、慎重に湯船に下ろす。あたたかな湯が全身を包み、湯気とともにふわりと甘い香りが立ち上った。

背後に玄兎が入ってきて、背中から瓊花を抱き寄せる。

「眠った後に軽く身体を拭いておいたが、湯浴みしたほうがさっぱりすると思って」

「あ、ありがとう……」

そんな世話まで焼かれていたとは思わず、恥ずかしくなって瓊花は顎まで湯に沈んだ。

玄兎は湯の中でゆっくりと瓊花の肩を撫でさすった。気恥ずかしさに固くなっていた身体が少しずつほぐれてくる。おずおずと玄兎にもたれかかり、ほっと溜め息をついた。

「瓊花」

「なに？」

「……いや。やっぱりなんでもない」

「なに？　気になる」

振り向くと玄兎は軽く眉根を寄せて瓊花を見つめていたが、思い直したようににっこりした。

「かわいいから呼んでみたかっただけ」

「か、からかわないで」

「からかってなんかいない。本当に瓊花がかわいいんだ。かわいくてかわいくて、たまらない」

しみじみ言われ、瓊花は赤くなった。

「……大げさね」

「正直な気持ちなんだから仕方がない」

玄兎は瓊花の唇を吸っては離す行為を繰り返した。息継ぐ暇もなく接吻しながら乳房をやわやわと捏ね始める。じくりと秘部が疼いて慌てて身じろいだが、抱擁からは逃れられなかった。

彼の手が下腹部に伸び、ゆらめく茂みの奥に指が差し込まれる。

「濡れてるね」

嬉しそうに言われ、真っ赤になって胸を押し戻す。

「当然でしょ、お風呂に入ってるんだからっ」

「湯がこんなにぬるぬるするかな?」

「……ッ」

耳朶《じだ》を食まれて身を縮める。拒もうとしたのに、ぬめりをまとった玄兎の指は難なく蜜洞に滑り込んだ。

「だ、だめ……ぁんっ」

にゅくにゅくと抽挿されると、昨夜の行為が否が応にも思い出され、ずくんと下腹部が疼く。

「ふ……ぁ……ぁ……」

中指を前後させつつ親指と人指し指で器用に花芽を剝《む》かれ、快感が痛いほど鮮明になる。

「ひぁあっ」

反射的に瓊花は顎を反らせた。挿入された指はすでに付け根までずっぷりと埋め込まれ、ぐりぐりとすり潰すように親指で花芯を捏ねられては、もはやこらえられない。

だが、上り詰める寸前、ずるりと指が抜け出てしまう。思わずすがるような目を向けると、玄兎はニッと笑って瓊花の腰を引き寄せた。

鈴口が押し当てられるやいなや、剛直が一気に打ち込まれる。ずんっ、と奥処に先端を突き立てられると同時に、瓊花は絶頂に達していた。

紅潮した頰に衝撃の涙が伝う。びくびくと痙攣《けいれん》する花襞を勢いよく肉棒がこすり上げた。未だ達している最中にもかかわらずぐいぐいと突き上げられ、意識が吹き飛びそうになる。

「ひ……ッ、ぁ……あぁっ」

同じ座位でも昨夜と違って背中から抱えられているので、玄兎は両手で乳房を鷲摑《わしづか》みにして抽挿に合わせてぐにぐにと揉みしぼった。

「……やわらかいな。つきたての餅みたいだ」

縦横無尽に弄びながら、情欲に滾《たぎ》った声音で玄兎が囁く。さらには、はくはくと喘ぐことしかできない唇を強引にふさがれた。

深々と貫かれ、乳房を捏ね回されながら思い切り舌を吸われ、快感の激しさに失神しそうだ。湯気を上げる水面が大きく波立ち、パチャパチャと湯船に当たってしぶきが飛ぶ。

「……あまりねばると逆上《のぼ》せるな」

玄兎は呟き、瓊花の腰を摑んで揺すり始めた。張り出したえらで花筒をえぐられ、視界に火花が散る。

ほどなく玄兎が強く腰を押しつけ、奥処で吐精した。熱いしぶきが数度にわたって放出される。ふたたび絶頂に達した瓊花の花襞は痙攣しつつ貪欲に精を呑み込んでいった。

雄茎を抜き取ると、玄兎は未だひくひく痙攣し続ける花弁を優しく探り、蜜孔を念入りに清めた。

半ば放心したまま瓊花は大判の麻布にくるまれて牀榻《しんだい》へ運ばれた。そこでも赤子のようにかいがいしく世話を焼かれる。

用意されていた洗い立ての下衣をまとって最小限の体裁を整えると、着替えのために玄兎は洞房を出ていった。

入れ代わりに秋冥が入ってきて、うやうやしく拱手拝礼する。

「おはようございます。お嬢さま」

「……おはよう」

気恥ずかしさに目をそらし気味に頷く。秋冥は満面の笑みだ。

「ただいま朝餉《あさげ》の用意をしておりますので、その間にお召し替えをいたしましょう」

秋冥が手を叩くと、揃いの襦裙姿の侍女たちが、何種類もの衣装を手にぞろぞろと入ってきて、一斉に低頭した。

「どれになさいますか？」

瓊花は唖然とした。豪商の娘として育ったので、今までも服はその日の気分で選んでいたが、いくらなんでも数が多すぎる。

そういえば、姚氏と晩霞長公主がそれぞれ嫁入り道具としてたくさんの衣装を持たせてくれたのだった。別に張り合ったわけではなく、どちらも裕福なので金に糸目をつけず揃えたのだろう。

とりあえず秋冥に上下三種類ずつ選んでもらい、後は下げさせる。

組み合わせを考え、乳白色の衫襦に薄桃色の長裙を合わせ、ほんのりくすんだ水色の帯を締めることにした。

髪を結い上げ、髷には象牙の櫛《くし》と銀細工の釵（二又の簪）を挿した。薄く白粉《おしろい》をはたいて唇に紅を差し、額には蓮《はす》の花をかたどった繊細な金箔《きんぱく》の花鈿を貼り付ける。

「……着飾りすぎじゃないかしら？　別に出かける予定もないのに」

「皇子妃になられたんですから、これくらい当然です」

誇らしげに秋冥は顎を反らす。

「玄兎……殿下に呆れられたら厭だわ」

「呆れたりするものですか！　褒《ほ》めちぎられるに決まってます」

自信満々の侍女に伴われて食卓の用意された広間へ赴くと、すでに玄兎は席に着いていた。瓊花に気付いていそいそと立ち上がり、手を握って感動の面持ちでじっと見つめる。

「なんと美しい……！　女神さまかと思ったぞ」

「大げさすぎますってば……」

召使もいるというのに、ためらいなく称賛されて瓊花は赤面した。

兄たちは何かにつけて瓊花のことを美人だと言い、もちろんそれは嬉しかったけれど、玄兎に褒められる喜びはその比ではない。

玄兎は筒袖の袍衫に白い褲《ずぼん》、螺鈿《らでん》で飾られた革帯を締めていた。袍は雲鶴《うんかく》文様を織り出した濃藍だ。髪は半分を髷にして銀冠をつけ、残りは背に垂らしている。凛々《りり》しく颯爽としていて、思わず見とれてしまった。

「昨日はあまり食べられなかったろう？　腹が減っているに違いないと思って、いろいろと用意させた。好きなものを食べてくれ」

確かに、祝宴では緊張してほとんど喉を通らなかったし、洞房に入れば夜食に手をつける暇もなかった。

美味しそうな見た目と匂いに、胃袋がグゥと鳴ってしまい、慌ててお腹《なか》を押さえる。玄兎はにっこりして箸を取った。

「一応、好みは実家に聞いたんだ。鶏肉《とりにく》が好きだそうだな。フカヒレも好物だと言うので取り寄せたぞ」

朝からすごいご馳走だ！　ありがたくいただくことにする。

玄兎は料理名を上げながら少しずつ小皿に取り分けてくれた。さらにはそれを箸で摘まんで口許に持ってきて、ニコニコしながら『あーん』と言う。房室《へや》の隅には秋冥を始め召使たちが控えているのだが、一向に気にしない。

横目で見ると、皆礼儀正しく目を逸《そ》らしているが、笑いをこらえているのか口許がひくひくしている。

撥ねつけるのも気が引けて、促されるまま雛鳥《ひなどり》みたいに食べさせてもらう。恥ずかしかったが、とにかく玄兎が嬉しそうなのでよしとしておこう。

もともと好き嫌いはあまりないし、さすがに皇族の厨房《ちゅうぼう》を預かる料理人だけあって腕は確かでどれも美味しかった。

玄兎は瓊花が気に入ったものを料理人にわかるよう取りのけて召使に指示すると、庭の亭《あずまや》でゆっくりしようと誘った。

盧家の邸もそれなりに広かったが、王府はその四～五倍はありそうだ。院子《なかにわ》を建物が囲む基本形を四つ並べたかたちなのだが、それぞれが普通の民家の倍以上あるので、とにかく広大だ。

院子には曲水が配され、優美な朱塗りの太鼓橋がかかっている。瓦屋根の四方が反り返った優雅な亭があり、卓子《テーブル》や榻《ながいす》が置かれていた。透かし彫りの欄干越しに庭の風情も楽しめる。

庭をゆっくり一回りして、亭でお茶を飲んだ。庭木で小鳥が囀《さえず》り、季節の花が美しく咲きほこる。

一息つくと、おもむろに玄兎が言い出した。

「きみに贈り物があるんだ」

瓊花は当惑して彼を見た。

「もうたくさんいただいてるわ」

結納品として金銀珠玉が何箱も届けられた。それだけですでに一財産だ。

「これは特別なんだ」

玄兎は謎めいた微笑を浮かべ、懐から絹布《けんぷ》の包みを取り出した。慎重な手つきで包みが開かれると、そこにあったのは珊瑚で作られた簪だった。

一部に嵌め込んであるのではなく、一本の桃色珊瑚から作られており、精緻な彫り物が一面に施されている。

受け取ってよく見てみると、全体に花模様が彫られているのがわかった。紫陽花《あじさい》に似た小花だ。

見つめるうち、簪を持つ瓊花の手が震え始めた。

見覚えがある。

わたし、この簪を知ってるわ……。

こめかみに汗が浮かび、頭の奥で幼い自分のはしゃぎ声がこだました。

＊＊＊

「見て、玄兎にいさま！　綺麗でしょ」

八歳になったばかりの瓊花は桃色珊瑚の簪を握りしめて少年に走り寄った。

「へぇ、見事な珊瑚じゃないか。やっぱり海に面した国は違うな」

感嘆され、ますます嬉しくなる。

彼は凌雲国の第二皇子。正式には飛英だが、もっぱら玄兎という字《あざな》（綽名《あだな》）で呼んでいる。もとは幼名で、今でも家族や親しい者はこちらを使うのだ。

瓊花はその名が好きだった。卯年生まれの皇族だからとのことだが、毛並みツヤツヤの元気な黒うさぎが思い浮かぶ。

実際彼は、たいそう自由闊達《じゆうかったつ》な少年だった。年は十四歳で、瓊花より六歳上。兄の透輝《とうき》と同い年だ。

玄兎は父である凌雲国皇帝の使いで華月国の宮廷を訪れた。

華月国の驪逖皇太后は名を紫仙《しせん》大長公主といい、凌雲国の出身である。先代皇帝の末の異母妹で、玄兎にとっては大叔母にあたる。

凌雲国の今上帝は幼い頃に実母を亡くし、叔母が華月国に嫁ぐまでのあいだ大変世話になったという。今上にとって母とも姉とも言える存在だ。

その大長公主が長らく病床に伏していると知らせがあり、心配した皇帝は希少な薬草を香雪国から取り寄せ、名高い薬師もつけて第二皇子飛英を見舞いに差し向けた。

薬草の他に大長公主の好物で華月国では手に入りにくい食べものもたくさん持たせ、宮廷の尚食局《しょうしょくきょく》から選《よ》りすぐりの厨師《ちゅうし》（料理人）を送った。

そのかいあって皇太后はみるみる回復し、息子である華月国の皇帝も非常に喜び感謝した。飛英皇子は厚いもてなしを受け、親善と遊学を兼ねてしばらく華月国に滞在することになった。

飛英皇子と透輝皇太子は同い年ということもあってすぐに打ち解け、親しくなった。瓊花は飛英皇子が挨拶に来たときに一目で気に入り、結婚したいといきなりねだって父帝を慌てさせた。

兄や母にも笑われたが、くじけずちょこまかと後をついて回った。玄兎と呼んでいいと言ってもらえて嬉しかった。

彼は武芸や乗馬を好む活発な少年だったが、瓊花を邪険にはしなかった。むしろ、妹にまとわりつかれるのを鬱陶しがる兄よりも遥かによくかまってくれた。

鞍の前に乗せて、遠乗りにも連れていってくれた。

彼が宮廷に滞在し始めて二か月後、瓊花は八歳の誕生日を迎えた。父帝は母后の回復祝いも兼ね、同じ桃色珊瑚の枝から彫り出した三本の簪を家族の女性に贈ることにした。

装飾品をもらうこと自体嬉しかったが、母や祖母とお揃いなのがさらに嬉しかった。

瓊花から珊瑚の簪を見せられて玄兎が感心したので、ますます嬉しさが増す。玄兎は簪をていねいに瓊花の髷に挿してくれた。

「まだちょっと大きい感じがするけど、すぐぴったりになるよ」

「すぐっていつ？」

「そうだなぁ。十年くらいかな？」

「全然すぐじゃないわよ、それ」

「じゃあ五年」

「全然すぐじゃないってば！　待ちきれない！」

悔しくて地団駄を踏むと、優しく頭を撫でられた。

「俺は待てるよ」

にっこりされて、幼い胸がどきどきと高鳴る。

「瓊花はきっと綺麗になるだろうな。今もすごくかわいいけど」

「ほんと？」

「ああ。十年経《た》ったらきっと見違える」

「見違える？　わたしだってわからなくなっちゃう？」

不安になって尋ねると、玄兎は微笑んでかぶりを振った。

「わかるさ。絶対」

「ならいいけど……。でも、心配だからこの簪を目印にするわ。ちゃんと覚えててね！」

「ああ、忘れないよ」

大きくなって、綺麗になったら絶対玄兎のお嫁さんになるのだと心に決めた。

今は大きすぎる簪が、ちょうどよくなったら。

そうしたら凌雲国へ嫁ぐのだ。祖母が華月国へ嫁いできたのとは反対に。

……そんな無邪気な幸せが、ずっと続くと単純に思い込んでいた。

だが、ちょうどその頃から得体のしれない影がじわじわと忍び寄っていたのだ。

しばらくして、南方で長雨による河川の氾濫が起こり、堤防が決壊して多くの死傷者が出た。

皇帝は自ら視察に出ようとしたが、折悪《おりあ》しく体調を崩し、他に重要な政務もあったことから名代として皇太子を差し向けることにした。

皇太子は張り切って視察に出かけた。面倒だろうが妹の相手をしてやってくれと言い置いて。面倒とは何よとむくれ、瓊花は兄の乗った馬車を見送りながらあかんべーをした。

すぐに帰ってくると思っていた。堤防の修理は官吏の仕事で、皇太子は被害状況を確かめ、被災者を慰問するのが役目だったのだから。

しかし、兄は帰って来なかった。

帰路、長雨でゆるんでいた地盤が崩れ、乗っていた馬車ごと崖下に転落したのだ。

馬車は濁流に呑み込まれ、懸命に捜索が行なわれたものの見つかったのははるか下流の岸辺に流れ着いた馬車の残骸だけだった。

宮廷は深い悲しみに包まれた。母は悲嘆のあまり寝込んでしまい、せっかく持ち直した祖母の病状もふたたび悪化した。

父帝は数日のうちにげっそりとやつれ、書斎にこもって、ごくわずかな文武の側近や太監（宦官）を呼び入れて、ひそひそと何事か相談していた。

瓊花は玄兎の側を離れようとしなかった。兄を失った悲しみはもちろん深いものだったが、それだけではなかった。

慣れ親しんだ場所が闇に侵食されていく恐怖を、ひしひしと感じていたのだ。

幼い瓊花にはまだ筋道立った理解はできなかったが、異変が起こっていることは本能的に感じ取れた。ただ兄が死んだというだけではないのだ、と。

それが怖かった。何かが起きているのに何が起こっているのかわからない。厳しく蒼白《そうはく》な顔の父にはとても尋ねられなかった。憔悴《しょうすい》している母や祖母には尚更《なおさら》。

玄兎に訊いてもわからないと首を振るだけだった。彼もまた眉間にしわを寄せ、真剣そのものの顔つきだ。

それでも瓊花が不安がっていることに気付くと、優しく微笑んで抱きしめてくれた。

『大丈夫。何があっても必ず俺が瓊花を守る』

力強く、そう言って。

だが、彼もまたこれ以上滞在を伸ばすことはできなかった。もともと一月だけの滞在予定だったのだ。

馬車を連ねての行列では、凌雲国と華月国の京師《みやこ》を往復するだけで二か月近くかかる。玄兎は大叔母を見舞ったら親善のために一月とどまり、病状が好転しなくても薬師と厨師を残して帰国する予定だったのだ。

紫仙大長公主の具合は一月も経たないうちにかなりよくなったが、弟のようにかわいがっていた甥の息子と今しばらく一緒に過ごしたいと、凌雲国皇帝に嘆願の手紙を送った。

それは自分以上に孫娘の願いを汲んでのことだったのだろうが、幼い瓊花はそこまで考えが及ばず、玄兎がさらに三か月宮廷にとどまってくれることになって単純に喜んだ。

予定では、ちょうど皇太子が視察を終える頃に玄兎の滞在期限が切れるので、盛大な送別の宴を催《もよお》して凌雲国へ送り返すことになっていた。

瓊花は玄兎と別れるのがいやで、『兄上が帰って来なければいいのに』などと不満をもらして母后にたしなめられた。そのことを、後に瓊花はひどく悔やんだ。

自分のせいで兄が死んだように思えたから……。

自分を責める瓊花を、玄兎は真摯になぐさめた。泣《な》き止《や》むまでずっと背中を撫でてくれた。瓊花にとって、玄兎だけが躊躇《ちゅうちょ》なくもたれかかれる人だった。

だが、そんな猶予《ゆうよ》も長くは続かなかった。皇太子の葬儀が終わったらすぐに帰国するようにと、凌雲国皇帝が迎えの使者を寄越したのだ。

直系の跡継ぎが急死したことで華月国の宮廷に混乱が起こり、それに息子が巻き込まれることを危惧してのことだろう。

華月国皇帝はそれに応え、すぐにも玄兎を送り返すことに同意した。

寂しかったし、別れは悲しかったが、これ以上わがままを言えないことは瓊花も理解していた。慌ただしく準備が進められ、出発は翌朝と決まった日の夜、突然瓊花は父の書斎に呼ばれた。

側仕えの太監も宮女も下がらせ、完全に人払いした上で手渡されたのが錦の巾着袋だ。中には絹布と綿に厳重にくるまれた卵形の大きな青翡翠が入っていた。

初めて目にするものだったが、この上なく貴重な品物であることは容易に察しがつく。

「これを持って、飛英皇子とともに国を出るのだ」

父帝は反論を許さぬ厳しさで命じた。

わけがわからず呆然《ぼうぜん》と立ちすくむ瓊花に、皇帝は強引に巾着袋を持たせた。その上から自分の手をかぶせて強く握りしめる。

「これを持って隠れ潜んでおれ。誰にも見せてはならぬ。渡してはならぬ。そなたが大人になるまで、大事に隠し持っているのだ。絶対に失《な》くすのではないぞ。わかったか」

「でも、父上――」

「言われたとおりにしなさい」

ぴしゃりと言われ、しぶしぶ頷く。

「わかりました」

「誰にも見せるなよ」

「……玄兎にも？」

「玄兎にも、だ。少なくともおまえが大人になって、きちんと判断できるようになるまでは見せてはいけない。これはとても大切なものなのだ」

そう言うと、皇帝はこわばった頰をいくぶんゆるめた。

「案ずるな。状況が落ち着いたら必ず迎えに行く。それまでの辛抱だ」

「ここにいてはいけないのですか？」

「ここは……少し危ないのだ。凌雲国の宮廷にいたほうがいい。皇帝への親書を玄兎に託した。かの国の皇帝は、必ずやおまえを安全に保護してくれるだろう。なんといってもおまえのお祖母《ばあ》さまの祖国だし、私にとっても凌雲国皇帝は従兄弟だ」

頷きながらも不安はぬぐえない。どうして急にこんなことを命じるのだろう。いったい何が『危ない』のか。

父帝は瓊花の肩に手を置いて跪き、悔いたように呟いた。

「すまない。私が迂闊《うかつ》だった」

「父上……？」

「よいか、瓊花。人を信じることは大切だが、信じる相手を間違えてはいけない。さもないと大変なことになる」

ぎゅっと肩を摑まれ、急激に不安が増した。

「玄兎のことも、信じちゃいけないの……？」

「彼はいい子だ。信頼できる。少なくとも、今は……。それが変わらないことを切に願うよ。だが、この青翡翠は見せないでくれ。これは本当に大切なものなんだ。皇帝の私でさえ、目にすることは滅多《めった》にないくらいなのだからね」

「わかりました。袋から出しません」

「そうだな。そのほうがいい。大切に持っていなさい。目をつけられにくいよう香袋のようにしてあるが、持てば玉が入っていることは見当がつく。迂闊に触られないように気をつけるんだよ」

「はい、父上」

巾着の紐はしなやかで丈夫な組紐《くみひも》で、かなり長めに作られている。それを皇帝は手ずから瓊花の首にかけ、襟の内側に隠れるようにした。

「こうすれば落とさずに済む。……これは皇后が作ってくれたものなのだよ」

「母上が？」

思わず周囲を見回すと、皇帝はすまなげに眉根を寄せた。

「今は薬湯を飲んで眠っている。心身ともにひどく弱っていてね」

「せめて出発前にご挨拶したいのに……」

「皇后もそれはわかっているよ。顔を合わせたら取り乱しそうだし、絶対に引き止めたくなるから……と言っていた」

瓊花もそれは同じだ。母の顔を見たら、ひとりで行きたくないとだだを捏ねてしまうだろう。たとえ大好きな玄兎と一緒でも、これがふつうの旅行でないことはわかる。

本当は、行きたくないと訴えたかった。でも、父の顔は今まで見たこともないほど真剣で、切羽詰まっており、抗《あらが》うことは到底できないと感じた。

宮廷では何か重大なことが起こりつつあり、父帝はそれに対処しなければならない。そのために、瓊花は託されたものを全力で守る。

それが自分の役割なのだ、と。

「……迎えに来てくれるのでしょ？」

「もちろんだ」

父帝は微笑んで瓊花を抱きしめた。

「こらえておくれ。今はおまえを玄兎に託すのが、最も安全だと思う。母上も皇后も私の考えに賛成してくれた。ふたりとも事情があって別れの挨拶はできない。だが、きっとすぐに会える」

父に抱きつき、声もなく何度も頷いていると、遠慮がちに扉が敲《たた》かれた。

「飛英ですが……」

「入りたまえ」

父は目許をさっとぬぐって立ち上がった。静かに扉が開き、緊張した面持ちで玄兎が入ってくる。華月国皇帝は彼に頷いてみせた。

「話は済んだ。我が娘を貴殿に託す。迎えに行くまで凌雲国の宮廷で預かってほしい」

「承《うけたまわ》りました」

すでに話はついていると見え、玄兎は疑問を差し挟むことなくきびきびと拱手一礼した。

「では、すぐに出発したいと思います」

「えっ、今から?」

瓊花は驚いて声を上げた。出発は明朝だったのでは⁉

玄兎は引き締まった微笑を口の端に浮かべ、小さく頷いた。

「できるだけ早く国境を越えたい。そのほうが安心だ」

ますます不安が増して、思わず父の手を握りしめてしまう。皇帝は身をかがめ、娘の手を両手で包み込んだ。

「大丈夫。玄兎が強いことはおまえも知ってるだろう? きっと守ってくれる」

それを疑っているわけではない。ただ、父と離れるのが怖かったのだ。

もう二度と会えない気がして——。

父帝は微笑んで瓊花の手を取り、玄兎の側へ連れていった。彼の手がしっかりと瓊花の手を握ってくれても、いつものような喜びはなかった。

「しかとお預かりいたします」

「頼んだぞ」

玄兎は頷き、もう一度深々と頭を下げた。

「さぁ行くよ、瓊花」

手を引かれて歩きだしながら、瓊花はこらえきれず肩ごしに振り向いた。

「父上……っ」

「行きなさい。私の言ったことを忘れるでないぞ」

「父上！」

「隠れているのだ。見つからないように隠れていなさい。必ず迎えにいくから、その時まで隠れているんだぞ……！」

拳を握った皇帝が、瓊花を見据えて厳命する。びくっとした瓊花は震える唇をぎゅっと噛みしめ、こくんと頷いた。書斎の扉が閉まるまで、ずっと父を見つめていた。

──父を見たのは、それが最後だった。

玄兎はその足で城門へ向かった。滅多に使われることのない脇門のひとつだ。そこには凌雲国から飛英皇子を護衛してきた武官たちの一行と華月国の衛兵からなる小隊が待っていた。

瓊花は玄兎とともに馬車に乗って宮城を出た。馬車の中で、玄兎はずっと瓊花の肩を抱いていてくれたが、それでも胸底にこびりついた不安は消えなかった。

真夜中のひっそりとした京師大街《みやこだいがい》を通り抜け、本来は夜が明けるまで閉められている城門が特別に開けられた。皇帝から玉佩を預かった武官の指示だ。

松明《たいまつ》を掲げた兵士たちに守られて馬車は順調に進んだ。異変が起きたのは国境にほど近い村で食事を摂り、出発して間もなくのことだった。

狭い谷間を縦列で進んでいると、崖の上から突然雨あられと矢が降り注いだのだ。

兵士の怒号と馬の嘶《いなな》きが交錯する。玄兎は馬車の窓から外を覗いて歯軋《はぎし》りした。

「くそっ、待ち伏せされた」

怒りの声を上げたとたん馬車ががくんと揺れ、いきなり速度が上がった。勢いで瓊花は座席から転がり落ちてしまう。

「きゃあっ」

「瓊花！」

慌てて助け起こした玄兎は、窓枠に取り付けられた太い紐を握らせた。

「しっかり摑まってろ！」

叫んで彼は激しい揺れの中、どうにか前方の帳をめくって息を呑んだ。

駅者《ぎょしゃ》がいない。きっと矢に当たって落ちたのだ。

玄兎は舌打ちすると遮二無二手綱に飛びついた。暴走する馬をどうにか制御しようとしたが、訓練された軍馬ではないためすっかり恐慌状態で、まったく指示が通らない。

護衛の武官が後方で怒鳴っている。

「殿下をお守りしろ！」

兵士たちの喚声が上がり、激しい剣戟《けんげき》の音が響いた。

玄兎は懸命に手綱を操り、谷間を抜けた森の中へ突っ込んだ。樹木にぶつかりそうになるのを間一髪で躱していったが、苔《こけ》に覆われた倒木に乗り上げてしまい、ついに馬車が横転する。

「きゃ……」

窓から投げ出されそうになった瓊花に、馭者台を蹴った玄兎が飛びつく。車軸が折れる音や馬車が地面にぶつかる音が耳をつんざいた。

必死に身を縮めてしがみつく瓊花を急いで立たせ、その手を掴んで玄兎は走り出した。

「とにかくどこかに隠れないと……」

眩暈が収まらず、しっかり走れない。こけつ転《まろ》びつ懸命に脚を動かしたが、背後から容赦なく追手が迫る。

玄兎は瓊花を背後に庇いつつ、剣を抜き放った。

「離れるな」

鋭く言われ、彼の背後にぴたりと身を寄せて息を詰める。

ふたりを取り囲んでいるのは黒装束に覆面をした男たちだ。剣を構え、一言も喋《しゃべ》らずに襲いかかってくる。

玄兎は素早く躱し、相手の胴を薙ぎ払った。血しぶきを上げて刺客が地面を転がる。次々に襲いかかる敵を、玄兎は驚異的な剣さばきで撃退した。

彼が強いことは知っていた。成人前であるにもかかわらず、彼は宮殿の警護を司《つかさど》る武官を驚かせるほどの腕前だったのだ。軽功《けいこう》と組み合わせての変幻自在な剣技は舞踏のように優雅でさえあった。

瓊花の兄、華月国の皇太子である透輝も武芸の稽古は受けていたが、いまひとつ熱意がなかった。だが、玄兎の妙技を目の当たりにして発奮し、真剣に取り組むようになった。それを父帝はたいそう喜んでいた。

子どもと舐めていた男たちは意外ななりゆきにたたらを踏んだ。その隙をついて、玄兎は懐から取り出した小さな球を力任せに地面に投げつけた。

白い粉末が派手に飛び散ったところに、火折子《かせつし》（竹筒で作った着火具）の蓋を外して素早く振り、粉塵《ふんじん》の只中《ただなか》に投げ込む。

ぶわっと巨大な炎が燃え上がり、驚愕した男たちが慌てて飛びのく。その隙に玄兎は瓊花の手を摑んで藪《やぶ》に突っ込んだ。

襲撃者が怯《ひる》んでいるうちに距離を稼ぎ、玄兎はちょうど行き当たった大樹の根元に虚《うろ》を見つけ、そこに瓊花を押し込んだ。

「上衣《うわぎ》を脱いで」

急かされて、わけがわからぬまま言われたとおりにする。玄兎は自分の袍を脱ぐと裏返しにして瓊花にかぶせた。表地は皇族身分にふさわしい紫紺の豪華な綾織物《あやおり》だが、裏地は地味な朽葉《くちば》色だ。

「様子を見てくるから、ここに隠れてろ」

「でもっ……」

「見つからないよう隠れているんだ。いいね？」

怖いほど真剣な口調と顔つきが、父帝のそれと重なり、気圧《けお》されて声もなく頷く。

玄兎はフッと口端に笑みを浮かべ、かぶせた袍越しにぽんぽんと軽く頭を叩くと立ち上がった。

瓊花の上衣を素早く自分の半身に巻きつける。遠目には瓊花を抱き抱えているように見えそうだ。

瓊花はハッとした。もしや囮《おとり》になるつもりでは？

「玄兎……っ」

「しっ」

鋭く制され、反射的に口をつぐむ。

「隠れてるんだ。できるだけ奥へ引っ込んで、声をたてずにじっとしてろ」

涙目でふるふると首を振る瓊花に、彼はぎゅっと眉根を寄せた。伸ばされた指先が、ほんの一瞬頬をかすめる。彼は歯を食いしばるような表情で踵《きびす》を返し、走り出した。

玄兎、と叫びそうになるのを、口を両手で覆って懸命にこらえる。

木立に紛れ、彼の姿が見えなくなる。瓊花は彼の袍を身体に巻きつけてうずくまった。

早く彼が戻ってきてくれることを必死に祈りながら――。

＊　＊　＊

――それから。

それから、どうしたんだったかしら……？

遠くから剣を戦わせる音や、叫び声が聞こえた気がするけど、本当かどうかわからない。

ずっと耳を押さえ、身体を丸めてガタガタ震えていたから、ただの耳鳴りだったのかも。

頭にあったのは、父と玄兎の『隠れていろ』という言葉だけ。それが、ぐるぐるぐるぐるぐる渦巻いて、繰り返し繰り返しこだました。

どうして木の虚を出てしまったのか、今となっては思い出せない。

……いいえ、思い出したわ。蛇が覗いていたの。呑み込まれそうなほど大きな蛇が。

本当にそんなに大きかったのか、恐怖で実物以上に巨大に見えただけなのかわからない。

あるいは単なる光の悪戯か、目の錯覚だったのかも。

恐怖のあまり頭が混乱して、虚を飛び出した。ボロボロと涙をこぼしながら、やみくもに森を走った。玄兎の袍がどこかへ飛んでいったことにも気付かないまま。履《くつ》も脱げてしまい、裸足で走った。息を切らせて走っていると、木立の向こうから車馬の音が聞こえてきた。

木の陰に隠れておそるおそる覗くと、荷馬車が何台も連なっていた。交易商だ。たくさんの品物を積んでいるようで、のんびりと進んでいる。戦闘には気付いていないらしい。

そっと後をつけていくと、しばらくして一行は休憩で止まった。気付かれないようにこっそりと近づき、荷馬車にもぐり込む。中には木箱がたくさん詰め込まれていた。

後ろに見つけた小さな隙間に身を潜め、ようやく一息ついた。玄兎を探さなければいけないことはわかっていたが、これ以上ひとりでいることには耐えられない。人の気配のするところにいたかった。

張りつめた気持ちがゆるんだせいか、膝を抱えているうちに睡魔に襲われた。やがて荷馬車が動き出し、降りなければ……と思いつつも眠気には抗えず、いつのまにか瓊花は寝入っていた。

目が覚めると隙間が詰まって出られなくなっていた。そのまま飲まず食わずで荷馬車に揺られ、気がつけば呆気に取られた表情の見知らぬ人々に囲まれていた。

見つかってしまった恐怖に固まり、何を尋ねられても答えられなかった。人々に害意がないとわかっても、頭にこびりついた『隠れていなければ』という思いが強すぎた。

怯えきった子どもを放り出すわけにもいかず、荷主はひとまず凌雲国の京師《みやこ》へ連れて行くことにした。瓊花が発見されたときにはとっくに国境を越えていたのだ。

一言も喋らない上に上衣も履もなく、身につけているのは上等だがこれといって特徴のない襦裙だけ。腰佩や髪飾りは逃げまどううちに落としてしまったらしく、身元の手がかりになりそうなものはひとつもなかった。大事な香袋は握りしめて隠し通した。

どこで紛れ込んだのか、華月国の人間なのか凌雲国の人間なのかも不明。盗賊にでも襲われて命からがら逃げてきたのだろうと考え、荷主は少女を家に連れ帰った。妻の了承が得られれば家に置いてもいい。

妻の姚氏は一目で少女を気に入り、家婢ではなく養女にしましょうと言い出した。夫妻には息子ふたりがいたが娘はなく、姚氏がこれ以上の妊娠は無理だろうと言われていたこともあって、夫も賛成した。こうして瓊花は盧家の娘になった。

名前だけは、姚氏に優しく尋ねられ、思わず『けいか』と口にしてしまった。それからまた黙り込んだが、いくつか『けいか』と読める名前を書いて示され、『瓊花』を黙って指さした。

夫妻も息子たちも、それ以上は無理に訊こうとせず、いたわってくれた。瓊花は半年以上口を閉ざしていたが、喋るよう強要されることはなかった。

やがて、問いかけに短い返事をし始め、少しずつ喋るようになった。盧家の人々が喋るのをずっと聞いていたせいか、発音は凌雲国の京師《みやこ》のものになっていて、出身地を割り出す手がかりにはもはやならなかった。

優しい人々に囲まれた穏やかな暮らしが続き、次第に恐怖は薄らいでいったが、同時に記憶もまた曖昧模糊《あいまいもこ》とし始めた。それが本当の記憶なのか、夢で見たことなのか、はっきりしなくなった。

しっかり考えようとすれば『隠れていろ』という強い口調が頭の中で響く。

そう、見つからないように隠れていなければならないのだった。

捜しに来るまで。

……誰が捜しに来てくれるんだった……？

思い出せない。

大好きだった、誰か。

たくさんの、誰か。

記憶の底から時折立ち上がり、影のように揺らめくばかりの、『誰か』たち……。

何かをなくした。何か大切なもの。

でも、何をなくしたんだったかしら……。

第五章　旦那さまのとめどない愛情

「瓊花」

気づかわしげに玄兎が呼びかける。

その声には恐れと期待が入り交じっているように思われた。

「……知ってるわ、これ」

憑《つ》かれたような声で囁くと、玄兎はゆっくりと頷いた。

「きみのものだよ」

そう、これはわたしのもの。八歳の誕生日に父上がくださったの。南海の琉国からの朝貢品である大珊瑚から彫り出した、三本の簪のひとつ。

一本はお祖母さまに。

一本はお母さまに。

そして最後の一本は、公主《ひめ》であるわたしに。

華月国皇帝《ちちうえ》がくださった、宝物——。

「……なくしてしまったの」

父の命令で華月国の宮廷を密かに抜け出し、玄兎に連れられて逃げる途中。

刺客に襲われ、逃げ惑ううちに髷から抜け落ち、気がついたときにはなくなっていた。

すでに隠れ潜んだ荷馬車に揺られていて、探すこともできなかった。

「うん。俺が拾っておいた」

玄兎の言葉に呆然と顔を上げる。

「どこ、で……?」

「華月国の森の中だ。凌雲国との国境近くの。――あのとき俺は、きみを木の虚に隠した。刺客を退け、生き残った護衛たちと合流してすぐに引き返したが、きみはいなかった。必死に捜しても見つけることができなくて……。発見したのはこの簪だけだった」

言葉もなく玄兎を凝視する。彼は探るように瓊花を見ていた。

「瓊花。俺を覚えているか?」

目を見開き、唇を震わせてかすれた囁きを漸う絞り出した。

「……あなたこそ……わたしを覚えてるの……?」

玄兎の顔がふいにゆがんだ。

「忘れるわけないだろう! ずっと捜してたんだぞ」

突然の激白に顔をこわばらせると、悔いたように玄兎は声を落とした。

「すまない。俺のほうこそ、てっきり忘れられているものと……。というか、記憶喪失なのかと思ってた」

「記憶喪失……？」

「簪を見て思い出したんだろう？」

「そ、そうだけど……そうじゃないわ！　玄兎のことは覚えてたけど、なんというか……その……」

　懸命に説明しようとしたが、どうにもややこしくてしどろもどろになってしまう。玄兎はそれを根気強く聞いてくれた。

「――つまり、俺の存在は覚えていたが、顔と名前は忘れてた、と？」

　焦って瓊花は頷いた。

「どうしてなのか、自分でもよくわからないんだけど……」

「全部忘れられるよりずっとよかった」

　ホッと玄兎は嘆息し、珊瑚の簪を瓊花の髷にそっと挿した。

「よく似合ってる」

　優しい微笑に激情が込み上げ、瓊花は顔をゆがませて叫んだ。

「ごめんなさい……っ」

「何を謝る？」

訝しげに玄兎が尋ねる。

「あなたは、ずっとわたしを捜してくれたのでしょう？　わたしが京師《みやこ》でのうのうと暮らしてるあいだ、ずっと」

「のうのうと暮らしててくれてよかったよ。ホッとした」

冗談めかして玄兎は笑う。

「だけど……っ」

「いいんだ、本当に。きみが生きててくれて、しかもいい人たちに保護されて、大切にされて何不自由なく育ったと知って、本当に嬉しかった。俺は……きみを死なせてしまったのかもしれないと、ずっと悔やんでいたんだ。あのときさみをひとりにするんじゃなかった、と……」

苦しげな彼の口調に絶句する。

「……そうではないと思いたくて、ずっと捜し続けた。瓊花は絶対生きてる。そう信じて……いや、信じたくて、捜すのをやめられなかった。何度も国境に足を運び、捜し回った。華月国では瓊花の父君が亡くなり……皇太子も既に亡くなっていたので、皇兄が跡を継いだ。瓊花の伯父君だ」

瓊花は曖昧に頷いた。

「伯父上のことはよく知らないの。あまり交流がなくて。父上とは腹違いで、即位のときに揉めたって聞いたけど……」

「今現在、凌雲国と華月国の仲はいいとは言えない」

「知ってるわ。一時は陶磁器——特に青磁の買い付けが全面的に禁止されて、お父さまはずいぶん苦労なさったの。何年かして解禁になって、今は以前と同じような商いができているけど」

「民間の交流に限れば問題ない。しかし……実を言えば凌雲国は、きみの伯父を皇帝とは認めてないんだ。つまり、正式な国交は十一年前から断絶してる」

「えっ……。どうして？」

「今の皇帝が正式な即位の儀を執り行っていないからだ。正確には執り行うことができないでいる。厄年がどうとか星回りがどうとか言い訳しているが、本当は皇家に代々伝わる御物が失われてしまったからだと噂されている」

どくん、と鼓動が撥ねる。

「御物……？」

「東海の倭国《わこく》からの献上品で、非常に珍しい青翡翠だ。俺も見たことはない。なんでも大きめの鶏卵よりもさらにひとまわり大きいものらしいよ。即位の儀式で皇帝が戴《いただ》く龍冠に嵌まっているそうだ。ふつうの翡翠は緑色だろ？　白玉もあるけど、青翡翠というのは紫がかった青らしい。倭国でしか採れない稀少《きしょう》品で、産地の倭国ですら滅多に見つからないものなんだって」

瓊花は背筋に冷や汗が浮かぶのを感じた。

「どうしたんだ？　顔色が悪いぞ」

顔を覗き込んだ玄兎の手を、いきなり握りしめる。

「……来て」

瓊花は彼の手を引っ張って立ち上がった。

「おい、瓊花。どうしたんだ」

「見せたいものがあるの」

有無を言わせず、ぐいぐい引きずって正房《おもや》に戻る。奥の洞房《しんしつ》へ突き進み、ぴしゃりと扉を閉めた。

啞然としている玄兎を尻目に、壁際の戸棚から螺鈿を散りばめた漆塗りの匣《はこ》を取り出し、卓子《テーブル》に置く。晩霞長公主からの結婚祝いだ。中には最初から宝飾品がぎっしり入っていた。

それらを全部取り出し、底板を指で押すと、カチッと音がして板が持ち上がった。

「二重底か」

感心した面持ちで玄兎が頷く。

万が一、泥棒に入られても箱ごと盗まれる恐れは少ない。箱がなくなっていれば盗難がすぐにばれてしまうからだ。たくさんの宝飾品のなかから何点かなくなっても、しばらくは気付かれずに済む。わざわざ底まで引っかき回される確率も低い。

底板の下に収められた錦の香袋を、瓊花は慎重な手つきで取り出した。長い口紐は絞った部分にぐるぐる巻きつけてある。

紐を解き、絹布の包みを掌に取り出して開いて見せると、玄兎は目を剝いて絶句した。

「……まさか」

こくりと瓊花は頷いた。

「青翡翠、よ。龍冠に嵌まってるものだとは知らなかったけど……。わたしが生まれたのは父上が即位した後だから、実物を見たことはなかったの」

「どうしてこれを瓊花が？」

「父上に渡されたの。玄兎に連れられて逃げるとき。玄兎が来たのは、確かこれを受け取った後だったたと思う」

玄兎は納得した顔で頷いた。

「だからあの刺客たちは執拗に瓊花を狙ってきたんだな」

「わたしが持ってるってどうしてわかったのかしら？　父上が明かしたとは思えないし……」

「宝物殿で龍冠を確かめて、青翡翠がないことに気付いたんじゃないか。宮殿を捜索しても見つからず、瓊花公主の姿が消えていることから、持って逃げたに違いないと考えたんだろう。それなら追手がかかるまでにしばらく間があいたのもわかる」

「母上やお祖母さまは、ご無事なのよね……!?」

にわかに不安になる。今までなんの根拠もなく、無事に決まっていると思い込んでいた。

自分のことを心配しているとしても。

だが、父と仲がよくなかった伯父が皇帝になっているなら、母たちはどんな待遇を受けているのか。

「大丈夫、無事でいらっしゃる。厚遇されているとは言い難《がた》いが、後宮でつつがなくお過ごしだ。宮女や下働きに、こちらの手の者を潜ませて、定期的に報告させている」

「そう……」

ホッとすると同時に、申し訳なさが込み上げた。

「わたし、今まで何をしてたのかしら。自分ばかり安全な場所でのうのうとして。生まれ故郷で何が起きているのかも知らなかった。ううん、知ろうとしなかった。目も耳もふさいだまま……」

「それでよかったんだ。あのとき、きみにできたのは身を隠すことだけだったんだから」

「だけど……っ」

「父君に、最後に言われたことを覚えてる？」

瓊花は目を瞠った。

「……隠れていろ、って……」

「そう、見つからないように隠れていろと父君は仰った。必ず迎えに行くから、と。俺も同じことを言った。きみを木の虚に隠したとき。きみはその言葉を守ったんだ」

「でも……でも……っ」

「迎えに来たよ。遅くなって、ごめん」

真摯な声音に、ひくっと喉が震える。熱いものが胸にせぐり上がり、目の奥で爆発した。

「う……ぁ……あぁあっ……」

悲鳴のような泣き声が迸《ほとばし》った。瓊花は玄兎に抱きつき、幼女のように泣きじゃくった。

待っていた。ずっと待っていた。彼が迎えに来てくれるのを。

暗い木の虚でうずくまる自分に、彼が微笑んで手を差し伸べてくれるのを。

怖くて心細くて。ただただ約束を信じてしがみついて、待つことしかできずにいた。

いつしかそんな約束をしたことさえおぼろになって。何かをしなければ……と焦燥感を覚えながら、やっぱりひとりでは歩きだせなくて。

もう少しだけ、あと少しだけ、と、騙《だま》し騙し日々を送っていた。

そんな日々が長続きするはずもないと怯えつつ――。

背中を撫でる掌の感触に、無邪気な日々がよみがえる。

「ずっと、捜してくれたのね……」

「約束したからね。迎えにいくって」

濡れた頬を胸に押しつけ、何度も頷く。

「ごめんなさい。言われたとおりに待ってなくて、ごめんなさい……！」

「きみはちゃんと待っていたよ。俺がなかなか捜せなかったんだ。まさか、凌雲国の京師《みやこ》に来ているとは思わなかった。国境付近にいるものと思い込んで、その周辺ばかり捜し回っていた。山賊に攫《さら》われたのかもしれないと、いくつもの山塞《さんさい》（山賊のアジト）を撃滅した。おかげで父上に褒められたけど、あんまり嬉しくなかったな」

溜め息をつかれ、思わず噴き出してしまう。

「……二皇子さまがほとんど話題に上らなかったのは、そのせい……？」

「宮城にはたまにしか戻らなかったからね。国境付近をしらみ潰しに当たって、それらしき女の子がいると聞けば確かめにいって、また違ったとがっかりして、の繰り返しだった」

それが、ひょんなことから当時玄月堂の隊商にいた男に話を聞くことができた。

その男はずっと京師で働いていたが、小金が貯《た》まったので故郷に戻り、京師名物をうたって食堂を開いた。

捜索の途中、新規開業したばかりとおぼしき店が目について、何気なく立ち寄った。食事ついでに話をするうちに、十年前には交易商に雇われてよく国境を行き来していたと聞き、駄目元で尋ねてみた。すると記憶を辿《たど》っていた店の主人が、ひょいと思い出したのだ。

そういえばその頃、身元のわからない女の子がいつのまにか荷馬車に紛れ込んでいたことがあったなぁ、と。

店主が覚えていた女の子の年格好は、まさに瓊花にどんぴしゃりだった。玄月堂の主人に引き取られたはずだと聞き、玄兎は即座に京師へ駆け戻った。

「しかし、いきなり押しかけて違ったらまたがっかりだし、相手にも迷惑だからな」

玄兎は溜め息をついた。もう何度もぬか喜びしていたこともあって慎重にならざるを得なかった。

皇子とはいえ、地方遠征ばかりしていた玄兎は京師の商人のことがよくわからない。

担当部署に尋ねたり、周囲の聞き込みをするなどして、少しずつ確信を深めていった。

「気付かれないように遠くから眺めるに留めてたんだ。身の回りを調べられているとわかったら気味悪がられるかと」

玄月堂の娘の名が『瓊花』だとわかり、一気に確信が高まった。それほどよくある名前ではないし、年頃も合致する。

「顔立ちは遠目からではよくわからなかった。もうあとは顔を見て確かめるしかない。客を装って玄月堂に行くかと考え始めたのが、ちょうどあの端午節の頃で」

京師に戻った玄兎は特に役職に就くこともなく、山賊討伐で培った腕を見込まれて軍で教官のようなことをしていた。

端午節の日、彼は京師《みやこ》の警備を司る金吾衛の応援を頼まれ、皇城近くの坊里（街区）を回っていた。ちょうど東市とその周辺だ。祭日で浮かれ気分だと些細《ささい》なことから喧嘩沙汰に発展しかねない。人手はいくらあっても足りないくらいだ。

特に、酒楼や妓楼が集中する坊里は祭日に特別な催し物をするので大勢の人が詰めかける。ふだんはそのような界隈に足を向けない良民の婦女子も好奇心から覗きにくる。

「そういう場馴《ばな》れしていない女子や、お育ちのいい良家の若旦那なんかを狙う掏摸《すり》とか、わざとぶつかって難癖をつけるような輩《やから》も多くてね」

絡まれているのを見つけたら、仲裁に入ったり、軍の詰め所に連行するのだという。そうやって警戒しているとき、偶然見かけたのが瓊花だった。

「実際に目をつけたのは絡んだ相手のほうなんだ」

「あの浪子《あそびにん》……？」

「ああ。林宝元《りんほうげん》といって、父親は東宮師傅《とうぐうしふ》（皇太子の教師役）だ。学者としても名高い、立派な人物だよ。上の息子ふたりも科挙の及第者で将来を期待されている。ところが末っ子の宝元だけはどうしたわけか箸にも棒にもかからない奴でね」

玄兎は肩をすくめた。

「遅くできた子で、兄たちとは一回り以上年が離れてる。父親も兄たちもそれぞれ仕事や勉学で忙しく、あまりかまわれないのを不憫《ふびん》がって、奥方がとにかく甘やかしたらしい。なまじ奥方が裕福なものだから、宝元が不祥事を起こしても金銭《カネ》で即座に解決してしまい、父親の耳に入らないようにしていたようだ」

ところが、今度ばかりは勝手が違った。

良民女子への乱暴狼藉《ろうぜき》の廉《かど》で宝元を現行犯逮捕したのは、ただの金吾衛ではなかった。国境付近に跋扈《ばっこ》する盗賊どもを平らげた功績で聖上の覚えもめでたい第二皇子・飛英だったのだ。

飛英皇子——玄兎は、いつものように買収を図ろうとする林夫人を一喝し、官吏に対する贈賄罪で天牢《てんろう》に放り込んだ。

知らせを受け、仰天して飛んできた東宮師傅は平身低頭して赦しを請うた。

これまでの不祥事の数々を初めて知り、師傅は激怒して末息子に勘当を言い渡した。宝元は泣いて詫びたが聞き入れられることはなかった。

結局、彼は母方の遠縁を頼って京師から遠く離れた辺境の城市《まち》へ旅立った。夫人は山奥の寺に預けられ、師傅自身はお役目返上を願い出て蟄居中《ちっきょ》という。

「……そんな大事になっていたとは知らなかったわ」

青ざめて瓊花は呟いた。玄兎は苦笑して瓊花の背をさすった。

「大丈夫、師傅を解任されることはない。監督不行き届きと言っても、息子はすでに成人してるんだし、不始末を隠蔽したのは夫人の一存だからね。本人の気が済むまで謹慎させて、頃合いを見て呼び戻すつもりだと、兄上も仰っている」

「林宝元は、もう京師《みやこ》にはいないのよね？」

「二度とは戻ってこられないから安心しろ。玄月堂をごろつきに襲わせて仕返しを企《たくら》んだのは奴の最後屁《さいごっぺ》ってとこだな。変に足掻《あが》くから結局取り返しがつかないことになる」

ニヤリとする玄兎が妙に悪辣に見え、瓊花は冷や汗を浮かべてどぎまぎした。

「それはさておき、問題はこの青翡翠だ。ちょっと持ってみてもいいか？」

手渡すと彼は絹布越しに青翡翠を摘まんで掲げ、ためつ眇めつした。

「……なるほど。確かに世にも稀な珍品だ。このような翡翠は実に珍しい。もしこれが売りに出ていたら、皇室《うち》でも間違いなく金錠《きんじょう》（金貨のようなもの）を山積みしても買い入れるだろう」

彼は青翡翠を両手で捧《ささ》げ持つと、うやうやしく拝礼して瓊花に返した。

「これはとても偽造できまい。かといって別の宝石を龍冠に嵌め込んで即位の儀を執り行っても、臣下から不審の声が上がるのは間違いない。瓊花は見たことがなくても、前回の即位式で本物を見たことのある重臣たちも何人かいるはずだ」

そうよね、と瓊花は頷いた。しばらく考え込んでいた玄兎が、ふと目を上げる。

「華月国は女子《おなご》も帝位を継げたよな？」

「そうなの？」

王宮にいたのは八歳までなので政治向きのことはよくわからない。兄がすでに皇太子に冊立されていたから、他の誰かが継ぐ可能性について、当時子どもだった瓊花はまったく考えたことがなかった。

「確かそのはずだ。凌雲国《うち》では継承権があるのは男子のみで、直系男子がいなければ傍系を遡って一番近い血筋の者が継ぐ決まりなんだが、華月国では直系女子に一代限りの継承権があったと思う。……つまり、きみだ」

「わたし!?」

「ああ。先帝と皇太子が亡くなれば、第一継承権を持つのは瓊花公主だった。きみの伯父はその後になる」

玄兎は腕組みをして眉根を寄せた。

「きみが帝位を継いでいれば、成人するまでは母后が摂政を務めることになったはず。皇太后も補佐するだろう。となれば宮廷の勢力図はかなり変化する。皇太后は凌雲国の大長公主——皇帝の叔母だ。凌雲国の影響力が強まるのを懸念する者がいてもおかしくない。二国間の関係は良好だったが、誰もがそれを喜んでいたとは限らないからな」

「伯父上は、それが厭だった……？」

「決め付けることはできないが、彼が玉座に就いてからぎくしゃくしているのは確かだ。

向こうに言わせればこちらが即位祝いを贈ってこないのが不満なのだろうが、こちらとしては正式に即位式を行なっていないのだから認めようがない。うちだけでなく、西の香雪国も同様の考えだ」

　玄兎はじっと瓊花を見つめた。

「つまり、帝位の証《あかし》である青翡翠を持つ直系公主であるきみが、真の華月国皇帝ということになる」

「うそっ」

　悲鳴を上げた瓊花は、危うく青翡翠を取り落としそうになった。慌てて絹布で包み、元の香袋にぐいぐい押し込む。

「皇帝なんてわたしには無理よ！　無理ったら無理！　絶対無理！」

「だからといって青翡翠を伯父に渡すわけにもいくまい。これを奪うために彼がきみを狙ったのは明らかだ。先帝の死にも、そもそも疑問がある」

　瓊花は絶句した。そうだ。父がなぜ死んだのか、自分は知らない。

「……父上の死因は、何……？」

「心臓発作、というのが公式の発表だ。激務で弱っていたところに皇太子の急死が追い打ちをかけた、と」

「そんな……っ」

「いかにもありそうな話だが、本当かどうかはわからない。しかし嘘だと言える根拠もない」

　玄兎は沈鬱な声で言った。

「それと、公式にはきみも亡くなったことになっている」

「えっ……」

「帰国する飛英皇子――つまり俺だが――と別れがたく、国境まで同行しようとして運悪く山賊に襲われた、という筋書きだ。実際、襲われてはいるしな。あれは山賊じゃなかったと訴え、正式に抗議もしたんだが、華月国からの返答は、下手人の山賊を捕らえて処刑したという、ひどくおざなりなものだった。それもあって父上は今の華月皇帝を認めていない。危うく息子が殺されるところだったのに、誠意のかけらもないと激怒されてね」

　嘆息して玄兎は続けた。

「瓊花公主が死んだとされたことにはあえて反論しなかった。生きているはずだと言い張ればかえって危険だと父上に諭されたんだ。確かにそうかもしれないと思い直して従った。その代わり、隠密《おんみつ》に調査を続けることを認めてもらった」

　玄兎は微笑んで瓊花の頬を撫でた。

「……それでずっとわたしを捜してたの？」

　顔を赤らめ、目を泳がせて呟くと、彼は大きく頷いて瓊花を抱き寄せた。

「ずっと捜してた。ずっと、ずっと……！　やっと見つけた。もう絶対離さないからな」

牀榻《しんだい》に押し倒され、ハッと我に返って瓊花はもがいた。

「ちょ、ちょっと待って！」

「閨房《ねや》に誘ったのはきみだろ」

「そういうつもりじゃ……っ。こ、これ！　これをどうするかを決めるのが先よ！」

握りしめた香袋を突き出すと、玄兎は目を瞬いて嘆息した。

「確かに」

「どうすべきと思う？」

「そりゃあ、きみが持ってるべきだろう」

「でもでもっ、わたしに皇帝なんて無理よ！　凌雲国の皇子であるあなたと結婚しちゃったんだし、そもそも皇子妃と皇帝って兼任できるものなの⁉」

「うーん。まぁ……無理だろうな。瓊花が華月国の皇帝になるなら、凌雲国皇子である俺とは離婚するしかない」

「離婚⁉　結婚したばかりなのに⁉」

「厭か？」

「厭に決まってるでしょ！」

眉を吊《つ》り上げると玄兎がプッと噴き出した。くっくと笑う彼を拳でぽかぽか叩く。

「もうっ、ふざけないでよ！」

「ごめん、ごめん。瓊花の顔がおもしろくてさ」

「顔⁉」

「いや、切羽詰まった顔が、かわいすぎて」

真っ赤になって、ぷいっとそっぽを向く。玄兎はニヤニヤしながら瓊花を背中から抱き寄せた。

「俺と離婚する気はないわけだな？」

「……土下座されたって別れてあげるもんですか」

むくれて呟くと、頬にチュッと接吻された。

「それを聞いて安心だ」

続けざまに接吻されて顔を赤らめながら呟いた。

「ねぇ。真面目な話、本当にどうしたらいいのかしら」

玄兎は瓊花の肩に顎を乗せ、ふぅと溜め息をついた。

「どうしようもない。父君がそれをきみに託したってことは、きみを世継ぎと見做《みな》していたってことだ。少なくとも、皇太子が亡くなったからといって異母兄に玉座を譲る気はなかった。これから皇子が生まれる可能性だってある」

「父上は、伯父上が玉座を狙っていると考えてた……？」

「危ぶんではいたのだろう。あまり交流はなかったと言ったな？」

瓊花は頷いた。

「伯父上はほとんど領地にいたみたい。思い出せる限りでは、会ったのは兄上の立太子式のときだけよ。わたしは五歳だったし、顔も覚えてないけど」

「俺のほうでも調べは進めてる。急いでどうこうしなくてもいいだろう。ただ、隠し場所については工夫したほうがいいかもしれないいな」

「王府は安全よね？」

「それはそうなんだが、侵入が絶対不可能とは言えない。軍事要塞じゃないからな。もちろん常に見張りは置いているし、夜警も巡回させてはいるが」

そもそも普通の泥棒は皇族の邸に盗みに入ったりしない。捕まれば処刑される恐れもあるのだ。それをあえて侵入しようとするなら、相当の覚悟を持った手練だろう。

そう考えると瓊花はひどく不安になってきた。顔色を読んで玄兎がなだめる。

「心配するな。向こうは瓊花が死んだと思ってるんだから」

「だとしても飛英皇子の結婚相手が『瓊花』という名前だとわかれば疑うんじゃない？」

「相手は晩霞長公主の娘の鳳花郡主と公表してある」

「でも、長公主に実の娘がいないことは知られているはずよ。箔《はく》をつけるための養子縁組だとすぐにわかるわ。身元を調べられれば名前もわかってしまう」

玄兎は眉をひそめた。

「それもそうか。皇族がどこの誰と婚姻したかは、どの国も調べる。……ふむ。瓊花を娶れるのが嬉しすぎて、ちょっと浮かれていたかもしれないな」

大真面目に言われて瓊花はうろたえた。

「う、浮かれてって……」

「だってそうだろ？　十年以上も捜してた相手なんだから」

かぁっと頬が熱くなる。

「あの、ね。その……いつから考えてたの？」

「何を」

「わたしとの、結婚よ……っ」

「そりゃ最初からに決まってる」

こともなげに言われて驚愕する。

「さ、最初から⁉」

「誤解するなよ。別に八歳のきみに欲情したわけじゃない。それじゃ完全に変態だ。そうじゃなくて、縁組の打診があったんだよ。華月国の皇帝──きみの父君から、俺の父上に。つまり、凌雲国の皇子と華月国の公主との縁談ってわけ」

「聞いてないわよそんなの！」

瓊花が玄兎を気に入ってお嫁さんになると言い出したとき、父帝には『そんなはしゃいではしたない』とむしろ叱られた記憶がある。

「きみにその気があるとわかったから、わざわざ言わなかったんじゃないかな」

「でも、知らなかったのはわたしだけってことよね」

「そうむくれるなよ」

甘く機嫌を取られ、にやけそうになるのを押し隠してツンと顎を反らす。

「どういうことか説明して」

「うん。華月国の皇太后——俺の大叔母が寝込んでいるという知らせが届くと同時に縁組の打診もあったんだ。こちらの公主を凌雲国の第二皇子妃として嫁がせたいが如何《いかが》かと」

「最初から玄兎を指名してたの？」

「兄上にはすでに正室がいたからね。香雪国の公主だ。あいにく二年前に亡くなった」

西隣の国から嫁いできた皇太子妃が若くして病没したことは瓊花も覚えている。

「中原の三国は以前から婚姻関係を結ぶことで互いに交流し、また牽制《けんせい》しあってもきた。特に凌雲国は二国に挟まれているうえ、領土が最も大きい」

「……華月国と香雪国は直接国境を接してないのよね」

地理を思い浮かべて瓊花は頷いた。

「うん、だからどちらかというと、二国から凌雲国へ公主が嫁いでくることが多い。だが、ここ二世代くらいは年齢が離れすぎてて断られたり、そもそも公主がいなかったりして、凌雲国には隣国出身の妃がいなかったんだ。そんなとき香雪国の公主が皇太子妃になったので対抗心が芽生えたのかもしれないな。現在八歳の公主を第二皇子に妻合《めあ》わせたいと華月国から申し出があった」

飛英皇子は十四歳、凌雲国の皇帝も打ってつけだと考えた。皇帝権限で縁談を取り決めることもできたが、皇太后の見舞いついでに自分の目で相手を確かめてくるよう息子に命じた。どうしても我慢のならない相手なら無理強いしたくはないから、と。

皇太子妃の場合も、宮城に招いてしばらく滞在させ、相性を測ってから決めている。

「どうも父上は最初の婚約者がひどかったらしくてね。結婚直前に破談になったそうだけど、よっぽど懲りたんだろうな。破談の原因は知らないけど」

玄兎は溜め息をついた。

「父上は統治面では名君と言われていても、家庭運はどうもね……。俺の母上は貴妃で、寵愛《ちょうあい》されたが早くに亡くなってしまった。兄上の母である皇后も五年前に身罷《みまか》っている。後宮には何人も妃嬪はいるんだが特にお気に入りはいないみたいで、義務として順繰りに回ってるだけらしいよ。皇后はずっと空位のままだし」

何やら不毛な気もするが、下手に寸評《コメント》すれば不敬になりかねないので口をつぐんでおく。

「言っておくが、俺は瓊花以外の女子を娶る気はないからな。前にも約束したが、あらためて明言しておく」

　謹厳な面持ちで言われてどぎまぎしてしまう。

「わ、わかってるわ……」

「それだけは決めてたんだ。凌雲国の皇子として、父上の決めた相手を娶ることになるんだろうけど、一生添い遂げられると思えない女性だったら断固抗う、と」

「……わたしは、そう思えた……？」

「そうだな。瓊花と結婚したら、きっと楽しいだろうなって思った。あと十年もしたらすごい美人になるだろうし、元気で明るくて、きっと楽しい家庭が築けそうだと思ったんだ」

　微笑みながら見つめられ、じわじわと頬が熱くなる。

「……わたし、美人になった？」

「もちろん。とびきりの美人になったよ。そりゃもうびっくりするくらい」

　ふたたび牀榻《しんだい》に押し倒される。真上から顔を覗き込んで玄兎はにっこりした。

「楽しい家庭を築こうな！」

「えっ？　ええ、もちろん……」

　覆《おお》い被《かぶ》さった玄兎に抱きしめられ、慌ててもがく。

「ちょっと待って！　またするの!?」

「せっかく牀榻にいるんだし。できれば子は早めに欲しい。そうすれば安心だと父上にも言われてる」

「で、でも、さっきしたばかりよね⁉　あ、朝っぱらから」

しかもお風呂で……！

「別におかしくないだろう。俺たちは新婚なんだぞ」

ちゅううっと首筋を吸われ、瓊花は悲鳴を上げた。

「だ、だめっ。まだ午前中よ⁉」

「新婚二日目なんだぞ。かわいい新妻と牀榻で抱き合ってたらその気になって当然だろ」

玄兎の手が長裙の裾をめくって脚を撫で上げる。ぞわっと産毛が逆立つような快感が走り、瓊花はぎゅっと目をつぶった。

今日は外出の予定もないことから、長裙の下に褌《ずぼん》は穿いていない。容易に汗衫《したぎ》をはだけられ、腿を撫でさすられると、ずくんと痛いほど花芽が疼いた。

「濡れてるぞ」

指先で突起をもてあそびながら、誘惑の声音で玄兎が囁く。

羞恥で瓊花は赤面した。ぬくりと指が媚洞に沈み、反射的に身を縮めて唇を噛む。真っ赤になって悶《もだ》える瓊花の顔を覗き込みながら、玄兎は指をにゅぷにゅぷと前後させた。

破瓜されたばかりで腫れぼったい肉鞘《さや》を、優しく愛撫される。じゅわりと蜜がにじみ、指の滑りがさらによくなった。

ぷちゅ、くちゅ、と淫靡な水音をたてながら抽挿されると、唆されるように腰が揺れてしまう。気がつけば指の動きに合わせて瓊花は無心に腰を振っていた。

せめて拳を口許にあて、淫らな喘ぎを押し殺す。じわっと潤んだ目許を吸い、優しく頬を撫でながら玄兎は挿入した指を花筒の中で泳がせた。

下腹部が疼き始め、絶頂の予感に目の焦点がぼやける。

「ん……ん……ッ」

腿をこわばらせ、腰を反らせるようにして瓊花は絶頂に達した。びくびくと花襞が震え、玄兎の指をきゅうきゅう締めつける。

痙攣が収まるまで、ゆっくりと玄兎はぬめる媚壁を撫でさすった。落ち着いた頃合いを見計らって身を起こすと、彼は長裙の帯をほどき、脚から抜き取った。

汗衫《したぎ》の乱れた裾をさらに大きくはだけ、下腹部を露出させると膝を押し上げて大胆に脚を開かせる。我に返った瓊花は焦って上体を起こした。

「んやっ……!?」

屈《かが》み込んだ玄兎が、ぱくりと割れた秘裂にかぶりつく。じゅっと強く吸われ、脳天を貫く快感に瓊花は背筋を反らせた。

「んぁあぁっ」

悲鳴じみた嬌声が喉を突く。衝撃のあまり、ぶわっと涙が噴き出した。

「だ、だめ……っ」

必死に玄兎の肩を揺さぶるも、逆に尖《とが》らせた舌をねじ込まれ、ヒッとのけぞってしまう。

「やめ……、きたな……からっ……」

「汚いものか。湯浴みしたばかりだろ」

顔を上げた玄兎がぺろりと唇を舐めてにんまりする。せめて睨みつけようとしたが、ふたたび顔を伏せて舌戯が始まれば、できるのは快感にのたうつことだけだ。

舌と指とで何度も達かせられ、朦朧と下肢を痙攣させていると、おもむろに玄兎が膝立ちになった。

喘ぐ瓊花を見下ろしながらゆっくりと衣を脱ぎ、下穿《したば》きを引き下ろす。飛び出した太棹《ふとざお》は天を衝《つ》くかのごとく揚々と反り返っていた。

喉が干上がるような感覚に、ひくりと震える。牀榻《しんだい》の帳は上げられたままで、室内はまっさらな紙張りの連子窓から射し込む光でじゅうぶん明るい。

彼の屹立は昨夜も目にしたはずだが、蠟燭《ろうそく》の灯だけの薄暗い洞房では、陰になってよく見えなかった。ただ、そのみっしりと固く重い質量を、身をもって教えられただけで……。

湯船で繋がったときは背後からだったので、全然見ていない。

まさか、そんな大きなものが挿入されていたなんて思いもしなかった。

「ま……」

焦って押しとどめようとしたが、脚の付け根を持ち上げられると同時に貫かれていた。

ずぷぷっと剛直が花筒に滑り込み、勢いのまま奥処を突き上げられて視界に火花が散る。

「ひッ……」

衝撃に背をしならせ、瓊花は玻璃のように脆《もろ》く目を見開いた。

ずっぷずっぷと勢いよく腰を打ちつけられ、なよやかな肢体が頼りなく揺れる。

深く繋がった腰をえぐるように押し回されると、びりびりするほどの凄《すさ》まじい快感が迸って、瓊花はあられもなくむせび泣いた。

「……たまらないな、どうも」

飽かず腰を前後させながら、唇を舐めて玄兎が呟く。

「こんなに締めつけて。まったくけしからん……」

その口調は詰るというより感嘆しているかのようで、忘我の表情で腰を叩きつける玄兎を見ていると幸福感と悦びが胸に込み上げた。

手を伸ばし、彼の頰を探る。玄兎は瓊花の掌に接吻すると、凄艶な笑みを浮かべてさらに深く蜜壺を穿《うが》った。

汗衫《したぎ》の合わせはすっかり乱れ、揺れる乳房が剝き出しになっている。玄兎はそれを両手で摑み、ぐにぐにと揉みしだいた。

剣だこのできた固い掌でたわわな胸を縦横無尽に捏ね回されると、いっそう愉悦が高まり、官能は深く鋭くなった。

腰が持ち上がり、彼の肩に担がれた脚が中空で揺れている。視界が次第に霧がかったようになり、一心不乱に律動を刻んでいる玄兎の他には何も見えない。

聞こえるのは彼と自分の熱い吐息と、濡れた肌がぶつかりあう淫靡な音だけだ。

抽挿が少しずつ切迫していき、彼の呼吸が荒くなる。瓊花の性感と期待もまた、否が応にも高まってゆく。

「……っふ」

玄兎は眉根を寄せ、荒々しい吐息をつくと情欲を解き放った。彼が腰を押しつけるたび大量の精が噴出し、蜜壺をいっぱいに満たした。

大きく吐息をついた玄兎が腰を引くと、あふれた白濁がわななく蜜口からとろとろと滴り落ちた。絶頂の極みで放心する瓊花の頬を撫で、くりかえしくちづけて玄兎は甘く愛を囁いた。

抱きしめられ、接吻や愛撫でさんざん甘やかされているうちに、漸う理性が戻ってくる。

もはや諦めの境地で、抱擁に身をゆだねて瓊花は力なく嘆息した。続けざまの濃密な交歓で、絶頂の悦楽がしつこく下腹部にわだかまり、身じろぎするだけで軽く達してしまいそうだ。

もう少し手加減してくれたって……と恨めしげな目を向けると、彼はすまなげに詫びながらも見るからに上機嫌で、甘い接吻を繰り返した。

やっと気が済んだのか、彼は服を身につけると瓊花の汗衫《したぎ》もきっちり整え、濃厚なくちづけをたっぷりと与えてから閨房を出ていった。

はぁ……と額を押さえて嘆息する。扉の向こうから侍女の声がして、ものうげに応じた。入ってきた秋冥は、こぼれるような満面の笑みを浮かべて拱手した。

「お嬢さま、お召し替えをいたしましょう」

新しい汗衫を示され、顔を赤くしながら頷く。秋冥は用意周到に湯の入った盥も用意しており、絞った布で身体を拭いてさっぱりしたところで清潔な汗衫に袖を通した。元通りに襦裙を着付けてもらい、鏡台の前で髪を整えていると秋冥が声を上げた。

「あら？　この簪、朝はしてませんでしたよね」

鏡に向かって瓊花は頷いた。

「その……殿下からいただいたの」

まだ詳細を明かすのは控えたほうがいいだろう。

「素敵ですね！　珍しい紅珊瑚。お似合いですよ」

「ありがと……」

主が大切にされているのが嬉しくてたまらないらしく、秋冥はご機嫌だ。寝乱れた牀榻《しんだい》を見てもあっけらかんとしている。

瓊花は髷に挿した紅珊瑚の簪を鏡越しに見つめ、そっと指先で触れた。

同じ珊瑚の枝から彫り出した三本の簪。それぞれ異なった意匠が彫り込まれている。瓊花の簪に彫られているのは、その名の由来となった紫陽花に似た花だ。

母の簪には鳳凰《ほうおう》、祖母の簪には紫草《むらさき》の花が刻まれていたはず。

（いつかまた会える……？）

玄兎によればふたりとも無事でいるそうだが、父と折り合いの悪かった伯父が支配する宮廷に居場所があるとも思えない。後宮の片隅で息をひそめて暮らしているのだろう。

特に皇太后の紫仙大長公主は、伯父にとっては実母を差し置いて皇后位に就いた異国人《よそもの》だ。悪感情を持っていてもおかしくない。

（どうにかして助け出せないかしら）

手の者を忍び込ませ、報告させていると玄兎は言っていたが……。

「――お嬢さま？　どうかなさいました？」

ぼんやりしている瓊花を秋冥が気遣う。

「なんでもないわ」

気を取り直して微笑むと、心得たように秋冥は頷いた。

「お疲れですよね～。こんな続けざまに挑まれちゃ」

ぼふっと火を噴くように赤面すると、秋冥はしかつめらしい顔で指を振った。

「でもね、最初が肝心って言いますよ？　旦那さまの身も心もしっかり捕まえて、尻に敷いちゃうんです」

「し……!?」

「もちろん家計もがっちり摑んじゃいましょう。お嬢さまは帳簿付けができるから問題ありません」

フフフ……と不穏な笑みを浮かべる侍女に顔を引き攣《つ》らせる。

「秋冥、あなたね……」

「万が一にもお嬢さまがないがしろにされることがあってはなりませんから！」

「妻はわたしひとりだと殿下は言ってくださったわ」

「そりゃあ結婚するときにはそう言うでしょう。何も殿下を疑うわけじゃありませんが、用心するに越したことはないですよ」

秋冥は啞然とする瓊花の手を取って立たせると、居間の榻《ながいす》に座らせた。揃いの衣服を着た召使たちを呼び、洞房を整えるようてきぱきと指示する。

瓊花はなんだかいたたまれなくなり、秋冥が淹れてくれたお茶を肩をすぼめるようにして飲んだ。

そこへ颯爽と玄兎が戻ってきて隣に座る。軽く睨むと、彼は不思議そうに小首を傾げた。

「どうした？　そんな険しい顔をしてはせっかくの美貌が台無しだぞ」

大真面目に美貌と言われて、たちまちふにゃんとなってしまう。我ながら情けない。溜め息をついてもう一口お茶を飲む。

「どこか痛いのか？　——そうか！　あそこが痛いのだな！」

いきなり抱き上げられて目を白黒させる。

「えっ？　えっ⁉」

「すまぬ、気付かなかった。牀榻でゆっくり休むといい。うっかり手出しせぬよう、俺は書斎で寝る」

「そうじゃなくてっ」

正直に言えば痛くないわけでもないのだが、口にするのはなんだか癪《しゃく》に障る。

「大丈夫だから、とにかく下ろして！」

玄兎は壊れ物でも扱うように、そーっと瓊花を下ろした。自らいそいそと茶を注いで差し出す。

「不満があるなら遠慮なく言ってくれ。改善する」

「……朝っぱらから致すのは、ちょっと」

「だめ？」

しょんぼりと上目遣いに窺われ、ウッとなる。そんな、雨に打たれた子犬みたいな目で見ないでほしい！

「……自粛していただけると、助かります」

「鋭意努力する」

重々しく玄兎は頷いたが、無理そうな気がしてならない。溜め息を押し殺し、瓊花はコホンと咳払いをした。

「ひとつお願いがあるんだけど」

「なんなりと」

瓊花は顔を上げ、侍女に頷いた。秋冥は一礼すると房室《へや》を出て扉を閉めた。ふたりきりになると、改めて瓊花は玄兎に向き直った。

「母上に手紙を届けてほしいの」

探るような目つきに、黙って頷く。玄兎は腕組みをして唸《うな》った。

「それはやめておいたほうがいい」

「どうして⁉」

「万が一手紙が敵の手に渡った場合、瓊花の生存を知らせることになる」

「母上とお祖母さまに、せめてわたしが生きていることを知らせたいのよ！」

「それはわかるが、敵方に知られるのはまずい」

玄兎は瓊花の手を両手でそっと握った。

「気持ちはわかる。だが、焦りは敵を利するだけだ」

「でも、このままじゃ申し訳なくて……。せめて、手の内の者に伝言させるだけでもできない？」

「その者の安全のためにも、それはできない。凌雲国の密偵であることを知られたら命取りになる」

「母上は絶対言ったりしないわ！」

「言わなくても些細なそぶりから疑いを招く恐れがある。そうなればどちらの側にも不利だ。今現在、瓊花の母君と祖母君は、後宮でそれなりの待遇を受けておられる。だがそれは、これといった落ち度を見つけられないからだ。もしも凌雲国の人間と遣り取りしていることが知られれば、敵に恰好の口実を与えることになる。謀叛《むほん》を企んでいると決め付けられて、冷宮《れいぐう》送りにでもされたらどうする？」

瓊花は息を呑み、ぎゅっと唇を引き結んだ。

玄兎は握った瓊花の手を、親指でそっと撫でさすった。

「……華月国にも今の皇帝に不信感を抱いている者はいる。先帝の謎の急死に疑問を持つ者は多かった。だが、あからさまにそれを表明すれば、文字どおり首を飛ばされかねない。この十一年、きみを捜し回るかたわらそういった人々と密かに連絡を取り合ってきた」

「……！」

「いずれ彼らにも、瓊花公主を見つけたことを知らせるつもりだが、今はきみと母君たちの身の安全を最優先にしたい。現在の皇帝を玉座から追放するにははっきりした証拠がいる。彼が先帝をその手にかけたという、確たる証拠が」

瓊花は絶句して玄兎を凝視した。

「……見つかるの？」

「全力で探している。当時、皇帝の側仕えだった太監（宦官）や宮女が何人も行方知れずになってるんだ。殺されたのかもしれないし、何か見てはいけないものを見てしまって身の危険を感じ、姿をくらましたのかもしれない。あるいは知らないふりをして現在の皇帝に仕えている可能性もある。その辺を慎重に探っているところなんだよ」

「そうだったの……」

瓊花は肩を落とし、玄兎の手を握り返した。

「……わたしを捜し続けただけでなく、父上が亡くなった本当の原因まで探ろうとしてくれてたのね」

「それくらいしなければ、とても気が済まなくてね……。きみを置き去りにしたことを、ずっと悔やんでた」

「置き去りにしたんじゃないわ。わたしが待てなかったの。絶対迎えに来てくれたはずなのに、怖くて、不安で……。玄兎は悪くない。悪いのはわたしなの」

「俺が悪くないなら、きみだって悪くない。なぁ、どっちが悪かったなんて言い合いはもうやめよう。どうしようもない行き違いだったんだ」

目を潤ませ、こくんと瓊花は頷いた。

「だけど、わたしも何かしたい。わたしにできることはない？」

「今は無事でいることだけかな」

「何もしないでじっとしてろってこと？」

さすがに不満で口を尖らせた瓊花は、ふと大事なことを思い出して目を剝いた。

「あ——っ！」

「な、なんだ？」

バタバタと洞房《しんしつ》へ駆け込む瓊花の後を面食らいながら追った玄兎は、卓子《テーブル》に置いた螺鈿細工の箱を血相を変えて搔き回す瓊花に啞然とした。

「ない！　ないーっ」

「何が」

「青翡翠よ！　あれ、どうしたんだっけ⁉　香袋に戻して、それから、それから……っ」

頭を抱えて瓊花は叫んだ。

「玄兎に押し倒されてからどうなったのか思い出せない……！」

ぷはっと玄兎が噴き出した。腹を抱えて笑う彼を涙目で睨む。

「どうなるもこうなるも、ふたりして堪能したじゃないか」

ニヤニヤされて逆上した瓊花が摑みかかると、目の前に錦の香袋が差し出された。

「はい。枕許《まくらもと》にあったのをちょっと借りた」

「い……言ってよね！」

「すまんすまん。すぐ返すつもりだったから」

「借りて何をしてたの？」

「大きさや重さを測って、特徴を書き留めておいたんだ。念のため」

はーっと大きく息をつき、香袋を握りしめる。と、瓊花はそれを玄兎に差し出した。

「預かってて」

「いいのか？」

「わたしは粗忽《そこつ》だから、しっかり者の玄兎が持っててくれたほうが安心だわ」

「粗忽なんて大げさな。少しばかり抜けてるだけだろう。むしろそこがかわいい」

「～～っ、とにかく預かって！　責任持って預かってちょうだい。なくしたら……離婚だからねっ」

「それは困る。うーむ、どこに隠そう」

「わたしに教えないでよ。うっかり誰かに洩らしたら大変だから」

「根に持つなぁ」

苦笑して玄兎は香袋を懐深くにしまい、瓊花を抱き寄せた。

「機嫌直せよ」

「……別に怒ってるわけじゃ」

ないけど……と口ごもると、頬に唇を押し当てられた。

「怒った顔もかわいいぞ。だからって怒らせる気はないけどな。ご機嫌を直していただけませんか？　夫人《おくさま》」

「だから怒ってないってば」

照れ隠しのようにさっと唇を重ねると、玄兎は笑って口をふさいできた。衒《てら》いもなく甘やかすくちづけに、うっとりしてしまう。

ようやく唇を離すと玄兎は囁いた。

「少し歩かないか？　邸をひととおり案内しておきたい」

瓊花は頷いた。手を繋いで房室《へや》を出る。院子《なかにわ》に降り注ぐ陽射《ひざ》しがまぶしかった。

第六章　謎の自称婚約者と正室争い勃発！

新婚の日々は穏やかに過ぎていった。瓊花は王府の女主人として家計を預かることになり、充実した日々を過ごしている。商家の娘として育ち、仕事を分担して受け持つのが当たり前だったので計算は得意だし、細かい算盤《そろばん》作業も苦にならない。

翼州の王に任命された玄兎は、まずは実地に部下を遣わすことにした。報告を待ち、近いうちに一度領地に下ってひととおり視察するつもりだという。

一緒に行こうと誘われて瓊花は喜んだ。

翼州は凌雲国内でも西寄り、香雪国に近いほうの地域だ。玄月堂は東隣の華月国の陶磁器を扱っているので、香雪国とはなじみがない。

玄兎は凌雲国と華月国の国境付近で瓊花の捜索及び山賊討伐を行なっていたので、これまた香雪国はよく知らないという。

ただ、彼の腹心の部下である炎颷は香雪国の出身だそうだ。彼は紅毛碧眼《こうもうへきがん》で、香雪国でも最も西端の西域出身と一目でわかる容姿をしている。

玄兎よりひとつ年上の彼は旅芸人の一座で軽業師をしていたが、座長の若い後妻に目をつけられ、迫られた。相手にしなかったら逆恨みされ、手込めにされたと訴えられて信じ込んだ座長に殺されそうになって逃げたのだとまじめくさった顔で言う。

眉唾のような気もするが、軽業師というのは本当らしく、ときに軽功の使い手である玄兎をも上回る身体能力を示す。

拳法や剣術では及ばないが、投擲《とうてき》武器は得意中の得意で、鏢《ひょう》（棒手裏剣のような武器）を投げさせたらどんな姿勢であろうと百発百中だ。

彼は有能な密偵で、玄兎に命じられたことはたちどころに調べてくる。目立つ容姿をしているにもかかわらず気配を消すのが巧みで、時々びっくりさせられる。

さすがに付き合いの長い玄兎にはわかるようだが、十一年前に玄兎の供として華月国へ行ったと言われても瓊花には全然覚えがなかった。

あっというまに結婚から一月が過ぎ、夏の盛りとなった。璃城はかなり北方に位置しているが、それでもやはり暑い。今日は午後からざっと夕立が来て気温が下がり、涼しくなって一息つけた。

夫婦ふたりで冷やした果物など摘まみながら、風通しのよい亭《あずまや》でくつろいでいると、あたふたと両手を振り回しながら執事が走ってきた。

「た、大変です、殿下！」

「何をそんなに慌ててるんだ」

怪訝《けげん》そうに玄兎が尋ねても執事は口をぱくぱくさせるだけで言葉が続かない。いったい何事かと瓊花も心配になって腰を浮かす。執事はしきりに咳払《せきばら》いをして声を振り絞った。

「で、殿下の許嫁《いいなずけ》と称するご婦人が！」

「許嫁⁉」

唖然《あぜん》とした瓊花が眉を逆立てて玄兎を睨む。彼は慌ててぶんぶん首を振った。

「俺の許嫁は瓊花だぞ！　結婚したからもう妻だが」

「だったら誰なの⁉」

「知るか。おい、いったいどこの誰なんだ。そんな妄言を吐いてる奴《やつ》は」

「――妄言ではございません」

突然、高飛車な女の声が院子《なかにわ》に響きわたった。

見れば仕立てのよい華やかな襦裙姿の若い女が、勝気そうな少女を従えて亭の前に佇《たたず》んでいる。

執事は仰天して飛び上がり、女と主人夫妻を交互に見ては狂おしく両手を揉み絞った。

「い、い、いつのまに⁉」

「話が通じそうにないので勝手に入らせていただきました」

青ざめる執事に、女は澄ましてぴしゃりと言った。

瓊花は当惑して女を眺めた。いかにも高慢そうではあるが相当な美人である。挙措は堂々として身分の高さが窺《うかが》われる。

単に富豪の娘というのではなく、貴族階級であることは間違いなさそうだ。

玄兎は女の美貌にも一向に感銘を受けた様子はなく、凛《りん》とした眉を不快げにひそめてぶっきらぼうに言った。

「翼王府と知った上で押し入ってきたのか」

「字は読めます」

皮肉っぽく女が応じ、玄兎はムッとした。女は澄まし顔で頷《うなず》くと畏《かしこ》まった侍女が赤い折り本を袖から取り出し、両手に捧げ持つ。玄兎は得意げな女の顔を憮然《ぶぜん》と見やり、執事に向かって軽く顎をしゃくった。執事は侍女から受け取った折り本を急いで主に奉った。

長方形の真っ赤な表紙に金文字で『婚約書』と書かれているのを見て玄兎は目を剝いた。

慌てて文書を広げ、目を走らせる。

瓊花も文書を覗き込んだ。そこには、『霍《かく》一族が断絶するまで血筋の娘を代々ひとり妃《きさき》として皇族に迎え入れる』という意味の文言が綴《つづ》られていた。最後に押されているのは凌雲国皇帝の巨大な玉印だ。

玄兎が低く唸《うな》る。不安になって瓊花は彼の袖を引いた。

「ど、どういうことなの？　霍一族って何……!?」

「あら。ご存じありませんの？」

小馬鹿にしたように女が笑った。

「凌雲国の現在の皇室、驪逖氏は独力で建国したわけではありません。もともとこの国を治めていたのは霍一族。驪逖氏はその禅譲を受けて凌雲国の玉座を手にしたのです。もちろん、殿下はご存じですわね？」

「玄兎……？」

摑んだ腕を揺さぶると、渋い顔で彼は頷いた。

「──そのとおりだ。我が皇室の祖は、この国が『霄《しょう》』という国号だったときの客将だ。五代前、当時の皇帝から帝位を禅譲され、国号を『凌雲』に改めた」

「そのときの禅譲の条件が、そこに書かれているとおり、旧皇族である霍一族から娘を代々皇族の妃に迎えるというもの。お約束を果たしていただきたく参上いたしました」

女は拱手《きょうしゅ》一礼すると、勝ち誇ったような笑みを浮かべた。

「お初にお目にかかります。わたくしは霓《げい》王府の郡主、紅蓮《こうれん》と申します」

「霓王だと？　そなたは叔父上の娘なのか？」

「はい。殿下とは従兄妹《いとこ》同士になります。ずっと父の領地で育ちましたので、お目にかかるのは初めてですわね」

紅蓮公主は華やかに微笑《ほほえ》んだ。

「しかし……何故そなたが、太祖の約定書を持っている?」

「母が霍氏なのです」

「霍一族はすでに絶えたはずだ」

「直系男子の子孫は確かにもういません。わたくしの母は霍一族最後の娘の子孫なのです。本来、男子の後継ぎがいなければ一族断絶となりますが、特別に婿を取って存続することを時の皇帝が認めてくださいました。婚約書の裏書きをご覧ください」

言われて裏返すと、そこにも玉印が押され、皇帝の名が記されている。

「……高祖父だ」

愕然《がくぜん》とした声音で玄兎が呟《つぶや》く。紅蓮郡主は得意げな笑みを浮かべた。

「霍一族最後の娘は、時の皇后でした。殿下の高祖母にあたりますわね。次の代は貴妃、その次の代は徳妃、そしてわたくしの母が、今上帝の異母弟である霓王の妃となりました。残念ながら現在の霍一族は男ばかりで娘がおりません。よって、霓王妃の娘であるわたくしが、皇族妃となる権利を受け継いだわけです」

「しかし俺はすでに結婚している」

「かまいませんわ。側室を何人お持ちでも気にしません」

郡主は鷹揚《おうよう》なところを見せたが、玄兎は憤然と言い返した。

「俺の正室は瓊花だ！」

「わ、わ、わたくしが本来の正室です」

昂然《こうぜん》と言い切る郡主に、玄兎と瓊花は開いた口がふさがらなかった。


紅蓮郡主は、そのまま翼王府に居座ってしまった。最初から引っ越すつもりで押しかけてきたようで、侍女の他に召使数人と護衛まで伴っている。

従妹《いとこ》にあたる郡主を無下に追い払うわけにもいかず、やむなく表門に近い院子《なかにわ》を囲む客棟を丸ごと提供することとなった。

玄兎と瓊花が暮らす奥院子とは壁と門で隔てられているが、どれだけ距離があろうと気になって仕方がない。

執事に采配を任せ、玄兎は即刻宮城へ向かった。父帝を問い質すためである。

やきもきしながら待っていると、夜になってやっと渋い顔で戻ってきた。

「父上も知らなかったそうだ」

居間の卓子《テーブル》に着くなり、げんなりと彼は溜め息をついた。

先祖が交わした約束についてはもちろん皇帝も知っていた。確かに代々後宮に霍一族の娘が最低ひとりは入っていたそうである。

ただし、それは先代までの話。先帝――玄兎の祖父――の意向で、次の代からは後宮に入れるのではなく皇族の妃とした。

直系が絶えた時点で旧皇室との約定は完了している。それを、時の皇帝の特別な計らいで女系継承を認められたのだ。

これ以降、皇帝・皇太子・皇太孫の後宮には霍一族の女子は一切入れなくなった。たとえ側室としてでも、である。

現皇室は前王朝の名残をいつまでも引きずりたくない。逆に落魄《らくはく》傾向著しい霍一族としては、なんとしても現皇室との縁を失いたくない。そのような思惑から紅蓮の母が今上帝の異母弟である霓王に嫁がされ、正室となったのである。

愛息に抗議されて皇帝が困惑しているところに霓王からの書簡が届いた。娘が二皇子の妃になりたがっているのでよろしくお取り計らいを、などとお気楽な調子で書かれている。

皇帝は頭を抱えた。

霓王と皇帝の関係は、けっして悪くはないものの、特に仲良しだったわけでもない。

霓王は少々偏窟《へんくつ》な人物で、先帝から領地を与えられるとさっさとそこに引っ込んでしまった。それからは重大な国家祭事でもない限り、まず出てくることはない。たまに近況を綴った書簡が届くくらいだ。

女子にもあまり関心がなく、妃は霍氏ひとりだけ、子も紅蓮だけである。詩歌と書画が趣味だが、出来について尋ねられても皇帝は言葉を濁すのみである。

疎遠だが仲違《なかたが》いしたわけでもないので、皇帝としてはほとんど初めてに近い異母弟の頼みは聞いてやりたい。

しかし、二皇子の結婚相手は十年以上も捜し回った婚約者——結納は交わしていないが——である。今さら仲を引き裂くのはしのびない。

玄兎は今にも襟首を摑んで揺すぶりそうな目つきで父親を睨んでいた。瓊花を側室に格下げせよなどと言ったら、即座に駆け落ちしかねない。

実際、そうしたところで暮らしに困らない生活力を二皇子は持っている。

悩んだ皇帝は、長男である皇太子も呼んで三人で協議することにした。

ふたりの息子の母親はどちらも亡くなっており、現在の後宮で最も権勢があるのは二年前に第三皇子を産んだ宋貴妃である。

彼女は義理の息子たちを目の上のたんこぶと見做していることを隠そうともしない、ある意味非常に率直な人物だ。野心満々だが陰険さはなく、むしろ開けっぴろげすぎて失言が多いわりに何故かあまり人から憎まれないという、ちょっと変わった女性である。

瓊花も婚姻の祝宴で顔を合わせたものの、挨拶を交わした程度で話はしていない。

宋貴妃に聞いたところで『そういうことは、わたくしにはわかりかねますわっ』とはきはき答えるだけだろうから呼ばないことにした。

で、男三人で額を付き合わせて協議したのだが。

「──兄上が、なんなら自分が娶《めと》りましょうかと申し上げたんだが、それはいかんと父上に一蹴された」

「あ。皇太子には嫁げないんだっけ」

「恩知らずと言わないでほしいんだが、前王朝の皇族というのは諸刃《もろは》の剣なんだ。いや、すでに我々驪逖一族が権威を確立した現在では、むしろ火種でしかない。叛乱《はんらん》を企《たくら》む連中の旗印に担ぎ上げられかねないからな」

びっくりして瓊花は尋ねた。

「そんな動きがあるの？」

「いや、今のところ不穏な動きはないが、いつの世にも不満を抱く輩《やから》はいるものだろう？そういう者どもに利用されては霍一族にとっても不幸だ」

「そうよね……」

「やっかいなことに高祖父が保障した権利の中には、皇族に嫁ぐ際には正室とする、という条項も含まれる」

正妻にこだわるのはそういうわけか……と瓊花は嘆息した。

紅蓮と瓊花の身分は同じ郡主だが、紅蓮は実子で瓊花は養女である。元をただせば一国の公主とはいえ、それを口にするわけにはいかない。

「紅蓮郡主と結婚可能な皇族で、正妻がいないのは宋貴妃の産んだ三皇子だけだが……」

「二歳ですものね」

成人するまで待てば紅蓮は三十を越えてしまう。

「兄上にも正室はいないが皇太子とは結婚できない。あとは叔父の息子たちだが、いずれも紅蓮郡主より十歳以上年下だ」

「……つまり、年齢的に釣り合ってて嫁げそうなのは玄兎だけってこと？」

「だからといって正妻を蹴落としてその座に収まろうとするのはどうかと思うけどな」

「どうかも何も、勝手すぎるでしょ⁉」

「わかってるって」

玄兎は溜め息をつき、憤然とする瓊花の茶碗《ちゃわん》に茶を注いだ。

「霍一族が旧皇室であることは知られているし、落ちぶれつつあるとはいえ今でも名望家だ。関係が悪くなるのは避けたい。本人が諦めてくれたら一番なんだが」

「それまで王府に滞在させておくしかない、ってこと？」

「う～ん……」

玄兎は卓子《テーブル》に突っ伏して呻いた。

「翼州の視察はどうするの？」

「延期するしかない。まさか留守番させるわけにいかないし、連れて行くわけにも……」

「どっちも厭《いや》っ」

瓊花は眉を吊り上げた。留守番させているあいだに女主人の立場を横取りされかねない。かといって視察に連れていったりしたら、何かにつけて割り込まれるに決まっている。視察といっても実質的な新婚旅行なんだから、他の女に邪魔されるなんてまっぴらだ。

「……気を持たせるようなことはしないでよ」

じろりと睨むと玄兎は心外だと言わんばかりに目を剝いた。

「するわけないだろ！　──そうだ、俺たちの仲むつまじさを見せつけてやったらどうだ？　目の前でイチャイチャされたら気に障るはずだ。気位の高そうな女子だから──」

意気込んで玄兎が言い始めると同時に扉が敲かれ、返事も待たずに引き戸がガラリと開いた。紅蓮郡主が澄まし顔で佇んでいる。

「宮城からお戻りになったと伺ったので、お土産の霓州銘菓をお持ちしましたの。一緒にいただきませんか？」

にっこり笑い、勝手に向かいの椅子に座る。

啞然としていた玄兎は、我に返って瓊花の肩をぐいと引き寄せた。

「悪いが妻と大事な話をしているところだ」

「あら。でしたらわたくしも伺わないと。正妻として」

「正妻は瓊花だ。というか、妻は瓊花ひとりと決めている」

「そちらの方をかわいがるのは一向にかまいませんことよ。やんごとなき身分の殿方は、何人も妻を持つのが当然ですものね」

　けろりとして言われ、瓊花は啞然とした。

「……あの。あなたはただ皇族の正室になりたいだけなんですか……!?」

　思い切って尋ねると、紅蓮は少し眉をひそめた。

「だけ、ってこともありませんけど。一番身分の高い女子が正室になるのは当たり前ですわ。正室を娶る前に複数の側室をお持ちの殿方もいますし……。だから気にしないことにしましたの」

「わたしは側室ではありません！」

「身分の高いほうが正室として扱われるのが決まりですもの、仕方がありませんわ」

「勝手に話を進めるな！　俺はそなたと結婚する気はないぞ」

　憤然と玄兎が抗議する。

「約束は守っていただかないと」

「俺がした約束ではない」

「そのような言い訳は通りませんことよ。ご先祖が、しかと誓っておられるのですから。それとも太祖の正式な誓いを無視なさるおつもり？」

ぐっ、と玄兎が詰まる。

「近々聖上にもお目通りを願うつもりですわ。姪《めい》ですもの、まさか撥《は》ねつけたりなさいませんわよね？」

「……父上に、婚姻の詔を出すよう迫るつもりか？」

「ただ伯父上にご挨拶申し上げたいだけです」

澄ました顔で言いながら、腹に一物あるように思えてならない。

ふと思いついて瓊花は尋ねた。

「何故、今になって言い出したんです？」

紅蓮は面食らったように目を瞬いた。

「何を？」

「飛英皇子との結婚です。どうして今まで結婚の権利のことを言い出さなかったのかと」

紅蓮は憮然とした面持ちになって瓊花を睨んだ。

「当然そうなるものと思っていましたもの。ところが飛英皇子が結婚したって突然お父さまに知らせが届いて、しかも相手は平民出身だと言うじゃありませんか。それで急いで上京したんです」

「瓊花は郡主だ。平民ではない」

「長公主の養女になって箔《はく》をつけただけでしょ。それくらい知ってます」

きつい目つきで紅蓮は瓊花を睨んだ。

「わたくしは霓王の実子で母は旧皇室の出身。どう見たってわたしのほうが皇子妃にふさわしいわ」

瓊花は言い返しそうになって唇を噛んだ。本当は公主なのだと言えたら……！

玄兎は瓊花の手を卓子《テーブル》の上でぎゅっと握りしめた。紅蓮が嘲るように鼻を鳴らす。

「養女だろうとなんだろうと瓊花は正式な郡主だ。伯母にも気に入られてる。瓊花への愚弄は晩霞長公主への不敬と見做すぞ」

厳しい口調にも恐れ入った様子もなく、紅蓮は肩をすくめた。

「愚弄する気などございません。わたくしは約束を守っていただきたいだけ。それが禅譲する際の約束事だったのですから。——ええ、その約束が一度は終わりかけたことは知っています。でも、当時の皇帝が約定を更新したのもまた確かなこと。今でも霍一族は皇族に嫁ぐ権利を持っていて、今その権利はわたくしのものなのです。それをお忘れなく」

紅蓮は席を立つと優雅に一礼して、さっさと房室《へや》を出ていった。

玄兎と瓊花は手を握りあったまま顔を見合わせ、やるせない溜め息をついた。

それからも紅蓮郡主は毎日ふたりの前に現れては玄兎に結婚を迫った。

ふたりが住む奥院子《なかにわ》にも平気で入ってくるので、おちおち夫婦の語らいもしていられない。辟易《へきえき》するが、郡主である以上そう粗雑に扱うわけにもいかなかった。

紅蓮は宮中にも参内して、皇帝の正式な拝謁を賜った。父の霓王からの親書も手渡した。そこには先に届けられた書簡以上に、娘のことをよろしく頼むと切々と書かれていた。変わり者でも霓王は子煩悩な父親のようだ。紅蓮が唯一の子だというのもあるかもしれない。子煩悩な点では皇帝も同様だった。今上帝には皇子三人と公主が二人いて、特に寵愛《ちょうあい》する妃がいない代わり、すべての子を分け隔てなくかわいがっている。

子どもたちを集めては武芸や詩、歌舞音曲の会を頻繁《ひんぱん》に催して交流を図り、それぞれの得意分野を見つけて伸ばそうと努めた。おかげで今上帝の子どもたちは、ほぼ全員母親違いにもかかわらず仲よしだ。

皇族同士の関係が円満であることを皇帝は重視している。それでこそ国政の安定に繋《つな》がるというもの。疎遠だった異母弟とのあいだに『子煩悩』という共通点を見出《みいだ》して、皇帝はにわかに親近感が増したらしい。

盛大な宴を開いて郡主を歓迎し、宮中に殿舎《でんしゃ》も用意した。ところが紅蓮は翼王府が気に入ったのでそこに滞在したいとねだった。皇帝もあまり強くだめとは言えず、さすがに結婚しろとは言わないまでも丁重にもてなすよう玄兎に命じたのだった。

勅命には従わざるを得ない。かくして紅蓮郡主は翼王府で賓客扱いを受けることになった。そうなれば瓊花としても彼女を粗略に扱うわけにはいかない。商家の娘として育ったため、人にきつくあたることがそもそも難しいのだ。

逆に郡主は根っからのお姫さま育ちで、人を顎で使うことにためらいがない。下手に出たつもりはないのだが、賓客扱いをいいことに紅蓮は我が物顔に振る舞うようになった。

秋冥はこれにいたく憤慨し、紅蓮の侍女と言い争いになることもしばしばだ。このままでは正妻の地位を奪われますっと悲壮な顔で訴えられたが、それについてはあまり心配していなかった。

多少の不安はなくもないのだが、玄兎は紅蓮に対していつも仏頂面で、にこりともしない。受け答えもそっけなく、期待させるようなことは一切しなかった。

むしろ遠回しながら早く帰るよう言い続け、埒《らち》があかないことに業を煮やして最近は『いつまでいるつもりか』とかなりつっけんどんに尋ねるようになった。

そこまで邪険にされても一向に紅蓮は動じない。食事にもお茶にも平然と割り込んでくる。毎回割り込まれるので、腹を括《くく》って夕食に限っては最初から三人で取ることにした。

玄兎は皇族として朝議に出席するので、朝と昼は休日以外はもともと別だ。ふたりきりでゆっくり夕食を採れなくなったのは残念だが、さすがの紅蓮も洞房《しんしつ》までは踏み込んでこなかった。

押しかけるときも紅蓮は侍女と侍衛をひとりずつ従えていた。侍女がいなくても侍衛は必ず連れている。玄兎と同年代、二十代半ばと思われる長身の男で、左目に凝った透かし彫りを施した銀の眼帯をしている。

郡主の侍衛らしく地味だが仕立てのよい袍をまとっているが、背に負う長剣は実用一点張りの武骨なもの。無表情で身のこなしに無駄も隙もない。『あれはかなりできますね』という炎颷の評に、玄兎も黙って頷いた。

名を丁良《ていりょう》といい、いつも影のように郡主に付き添っている。初めて見かけたときには妙にじーっと見つめられてとまどった。

瓊花が首を傾げると、彼はふいっと目を逸らした。主人の敵と見做して圧をかけたのだろうか。それからも時々視線を感じたが、目を向ければもうこちらを見ていない。

明確な敵意や殺意は感じられないものの、紅蓮の指示で襲われるかもと思うと落ち着かなかった。まさかそこまでするとは思えないが……。

紅蓮は自分を正妻にしろと毎日玄兎に迫っているが、だんだん落ち着いてくると瓊花は少し違和感を覚えるようになった。

なんというか紅蓮の態度には、切実さというか切羽詰まった感が少ない気がする。少ないというよりほとんどない。確かに執拗《しつよう》ではあるが、どこか意地になっているような、やけくそのような、妙な感じがするのだ。

とにかく自分を正妻にしろの一点張りで、瓊花を追い出す気はなさそうだ。むしろ、正妻にさえしてもらえれば、あとは誰を寵愛しようが知ったことかと言わんばかりである。

いくら地位が目当てといったって、夫が別の女を寵愛していたらおもしろくないのではなかろうか。自分のほうが後から来たからと遠慮するような性格とも思えない。

つまり紅蓮は別に玄兎が好きで結婚したいわけではないのだ。執着しているのは皇族の正室という地位――なのか？

瓊花は眉をひそめた。それも違う気がする。皇子と結婚するまでもなく彼女は生まれついての皇族だ。なにしろ皇帝の実の姪なのだから。

皇子妃になれば地位は上がるものの、いずれにせよ皇后にはなれない。よほど席次にこだわりでもないかぎり、あまり意味はないのではなかろうか。

とすれば、彼女は一体何にこだわっているのだろう？

地位でも愛情でもないなら、紅蓮が求めているものは一体――。

しばし考え込み、瓊花はハッと目を見開いた。

（ひょっとして、意に沿わぬ結婚から逃れるため……とか⁉）

ありえる。いや、絶対そうに違いない！

瓊花は玄兎の帰宅をじりじりと待った。こんなときに限って帰宅が遅い。彼は翼州を治める王の他にも、軍の特別教官や金吾衛（警備隊）の顧問など、国内の治安に関するいろいろな役職を兼任しているのだ。

やっと戻ってきた玄兎を洞房へ引っ張っていくと、彼は喜び勇んで瓊花を抱きしめた。

「そんなに俺を待ち焦がれていたとは、かわいい奴め」

嬉しそうに言って長裙越しにお尻を撫でられ、瓊花は焦って彼の胸を押し戻した。

「そうじゃなくて！」

「なんだ、違うのか」

ガッカリと玄兎が眉を垂れる。

「郡主がどうしてこうまで玄兎の正室になりたがるのか、考えてみたのよ」

厭な縁談から逃れるためではないか……と話すと、玄兎は腕組みして首をひねった。

「どうかなぁ。叔父上からの手紙には、そんなことは一言も触れられていなかったぞ。というか、俺と結婚したがっているからよろしく取り計らってくれと言ってきた」

「そうか……そうだったわね」

思い出してしょんぼりする。玄兎は何か言いかけてふと考え込んだ。

「……いや、案外近いかもしれないぞ」

「近い？」

「何かから逃れるためにしてるんじゃないかってことさ。いわば緊急避難的に。正室にしろとごねるわりに、本気で俺と結婚したがっているとは思えない」

やはり玄兎も違和感を覚えていたのだ。

「確かめてみましょうよ」

「素直に言うかな」

確かに、あれだけ権利権利と騒いでいるのだから、真意が他にあったとしても簡単に明かすとは思えない。ふたりして悩んでいると、いつものように郡主の澄ました声が居間から聞こえてきた。

「殿下～。珍しいお茶が手に入りましたのよ。環餅《まがりもち》（油で揚げた菓子）も買ってこさせたので一緒にいただきましょう。なんなら鳳花郡主も同席してかまいませんことよ」

あっけらかんとのたまわれ、瓊花はムッとして洞房の扉を開け放った。

「何度も言いますけど！　飛英皇子の正妻はわたしです。あなたから同席の許可をいただく必要などありません！」

鼻息荒く怒鳴ると、紅蓮はわざとらしく目を瞠《みは》った。

「あらまぁ、ずいぶんと喧嘩《けんか》腰《ごし》ですことね。離婚協議でもしていらしたの？」

「してないわよッ」

「お気をつけあそばせ、せっかくつけた箔が剝《は》がれてしまいますわ」

「～～～っ」

「落ち着け、瓊花」

どうどう、と悍馬《かんば》のようになだめられる。見せつけるように玄兎が瓊花の腰を抱き寄せても紅蓮は取り澄ました笑みを崩さない。

　ふと、例の違和感を思い出して瓊花は気を静めた。

「……皇族の正妻になれれば、それで満足なんですか？」

　呼吸を整え、なるべく冷静に尋ねてみる。紅蓮は小馬鹿にしたように鼻を鳴らした。

「それがわたくしの権利ですもの」

「では、権利さえ認められれば満足なんですね？」

「だからそう言ってるでしょ」

　紅蓮の表情が険をおびる。

「だったら三皇子さまの正室になってはいかがですか」

「二歳児の妻になれと言うの⁉」

「紅蓮さまは単に皇族の正室になりたいだけなんですよね？　だったら相手が飛英皇子である必然性はないはずです。別に殿下がお好きなわけでもないんですから」

「だけど年が――」

「年は関係ないでしょう。地位が欲しいだけなら年齢的な釣り合いなど無意味です」

　ズバズバと切り込まれ、紅蓮は唖然として口をぱくぱくさせた。

「わ、わたくしは……っ」

「どうしてそれほど権利にこだわるんですか？」

「しゅ……主張しないと権利はなくなってしまうからよ！」

「では、あなたは現皇族の一員であるにもかかわらず、旧皇族である霍一族の思惑で動いているのですね」

瓊花の言葉に、成り行きを見守っていた玄兎がわざとらしく驚いた声を上げる。

「それはまずい！　謀叛《むほん》も同然だ」

「な……⁉」

「霓王は霍一族に加担して皇位を狙っていたのだな。実にゆゆしき事態だ、さっそく奏上せねば」

「な、何を仰《おっしゃ》いますの⁉　こじつけも甚《はなは》だしいわ！　父は関係ありませんっ」

「では霓王妃の意向か。実家と結託して内乱を画策している。そのために何がなんでも娘を皇族に嫁がせたいのであろう」

「母も関係ないわ！　わたしの意志よ、わたしの権利なんだから」

「権利を持っているのは霍一族だ。そなたは霍一族の外孫とはいえ、霓王の娘として生まれたからには我が驪逖家の一員だ。にもかかわらずそうまで執拗に霍一族の権利を主張するからには、隠された思惑があると疑われても致し方あるまい」

たたみかけられて紅蓮は蒼白《そうはく》になった。まさか、そんな大事になるとは思いもしなかったのだろう。言葉に詰まり、唇をきつく嚙みしめる。

「とりあえず天牢へ入ってもらおうか。急ぎ聖上に報告し、霓王夫妻に出頭を命じる」

冷ややかな玄兎の口調には瓊花も背筋が寒くなった。詰問を始めたのは自分だが、こんなふうに玄兎が話を持っていくとは思わなかった。

(まさか本気で……⁉)

彼の厳しい表情からはなんとも言えない。紅蓮の顔からは完全に血の気が引いている。

玄兎が一歩踏み出すと捕らえられるとでも思ったか、紅蓮は飛び上がるとそのまま一目散に房室《へや》を飛び出していった。

「……あの。本気じゃない、わよね……?」

おそるおそる窺うと、彼は肩をすくめてにんまりした。

「天牢にぶち込むっていうのは、ほぼほぼ本気だよ。そろそろ我慢の限界だったし、いい考えだろ」

「そんなつもりじゃなかったんだけど……。ただ、裏に何かあるような気がして」

「あの様子では霓王妃の思惑で動いているわけでもなさそうだな。叔母上がどんなお人かよく知らないが」

「意に沿わぬ結婚を強要されているわけでもないみたいね」

「いったい何から逃れようとしてるんだろうな」

玄兎の呟きに、ふと瓊花は考えた。

もしかしたら、最初から前提が違っていたのかもしれない。

「……わたし、話を聞いてくるわ。ふたりだけで話してみたい」

思い返せば紅蓮郡主とふたりきりで話をしたことがなかった。

しょっちゅう玄兎と瓊花の間に厚かましく割り込んでくるが、玄兎がひとりのときを狙って迫るような真似《まね》はしていないという。話しかけてくることはあっても、つねに侍女と護衛を伴っている。ひとりで近づいてくることは絶対にない。

お姫さま育ちゆえ、男性とふたりきりになるなんて破廉恥だと思っているのだろうか。

しかし、すでに正式な結婚をしている男性に自分を正妻にするよう昂然と要求するくらいなのだから、かなり図太い性格であるはずだ。

それを考えれば瓊花にも玄兎のいないところで近づいてきて、『出て行け』とか『身を引け』とか脅しそうなものだが、そんなことも一切ない。

考えれば考えるほど、紅蓮郡主の言動は矛盾だらけだ。

一度腹を割って話すべきだと決意し、瓊花は紅蓮が滞在している院子《なかにわ》へ向かった。


「郡主はお会いしたくないそうです」

侍女の返答は木で鼻をくくったような物言いだった。王府の女主人である瓊花に対し、お愛想にへりくだろうともしない。

ここに秋冥がいたら、『無礼千万！』と怒り狂うことだろう。

瓊花は回廊を巡らせた正房《おもや》を階の下から見上げた。扉は固く閉ざされ、こちらを窺っているような気配も感じられない。出直すしかなさそうだ。

垂花門を出た瓊花は、塀に囲まれた通路の先から聞こえてくる音に、ふと足を止めた。聞き覚えのある音――そう、剣で宙を薙ぐ音だ。そして地面を蹴る音。玄兎が武芸の稽古をするときに耳にする音だ。

こんなところで玄兎が稽古しているとは思えない。彼の稽古場は表門に近い区域にある。炎飈が稽古するのもそこだ。いったい誰だろうと興味を惹かれ、角から覗いてみた。

ビュッ、と空を切る音がにわかに大きくなった。きびきびと跳躍しながら剣を振っていたのは紅蓮郡主の護衛、丁良だった。

彼はいつも紅蓮の背後に影のように控えていて、剣を振り回す姿を見たのは初めてだ。

瓊花は興味津々で彼の動きを観察した。

驚くほど流麗な動きだ。玄兎に優《まさ》るとも劣らない。彼は出来そうだと炎飈が呟き、玄兎も頷いていたが、なるほどこれを見れば確かにかなりの使い手に違いない。

しばらく見学していると、視線を感じたのか丁良が振り向きざまに剣先を突きつけた。距離は相当あったから危なくはないが、切っ先はまっすぐに瓊花を狙い定めている。

硬直する瓊花に気づき、丁良は目を瞠った。急いで剣を下ろし、抱拳礼をしながらきびきびと頭を下げる。

「ご無礼つかまつりました、夫人《おくさま》」

瓊花は角から出て彼に歩み寄った。

「すごいのね。殿下もあなたは強そうだと仰っていたけど」

「とんでもない。私など殿下の足元にも及びません」

柔和な笑みを浮かべて丁良は謙遜する。

ふと、頭の奥に眩暈のような感覚がよぎった。それはあの端午節の日、玄兎と顔を合わせた瞬間に感じたものとよく似ていた。

目を瞬き、軽く頭を振って気を取り直す。

「――紅蓮郡主の護衛は、もう長いことお勤めなの？」

「そうですね。十年以上になるでしょうか」

「そんなに？」

瓊花は驚いた。彼は二十代半ばほどに見えるから、少年の頃から仕えていることになる。

「はい。郡主は私の命の恩人なのです」

ますます驚く。丁良は淡々と続けた。

「大怪我《おおけが》をして倒れていたところを救っていただきました。郡主は自ら付きっ切りで看病してくださり、回復後は下男としてお邸に置いてくださったんです。武術の心得があるらしいとわかってからは、護衛として仕えさせていただいています」

「らしい？」

奇妙な言い方に眉をひそめると、丁良はかすかに微笑んだ。

「記憶がありませんので」

面食らって彼を見返す。

「記憶がない？」

「はい。郡主に救われる以前のことは何も思い出せません。自分がどこの誰かも、どうして大怪我をしたのかも」

彼は謎めいた笑みを浮かべて瓊花を見た。何かが胸の奥で爆《は》ぜたような気がした瞬間。甲高い怒声が耳をつんざいた。

「ちょっと、何してるの⁉」

振り向けば紅蓮郡主が血相を変えて走ってくる。彼女は瓊花を突き飛ばす勢いで丁良の前に躍り出、指を突きつけて叱り飛ばした。

「あんたはわたしの侍衛なんだから、他の女と喋《しゃべ》ったりしちゃだめって言ったでしょ⁉」

「申し訳ございません、郡主」

丁良は抱拳して深々と頭を下げた。

「なんでわざわざこんなところで稽古してるのよ。うちの院子《なかにわ》でやればいいじゃない！」

「午睡をなさると仰ったので、動き回ってはお耳触りかと」

生真面目な返答にたじろいだ紅蓮は、赤面しながら眉を吊り上げた。

「余計な気を回すんじゃないわよ！　勝手に持ち場を離れるなんて職務怠慢よ！」

「申し訳ございません」

八つ当たりなのは明らかだったが、丁良は動ずることもなくどこまでもうやうやしい態度を崩さない。にもかかわらず紅蓮はますます憤激して彼の袖を引っ摑んだ。

「さっさと来なさい。あんたが扉の前で番をしてないと、おちおち寝てられないわ！」

（――王府の警備に問題があるとでも言いたいの？）

さすがにムッとして言い返そうとしたが、物凄《ものすご》い目つきで睨まれて抗議の声を上げそびれてしまう。

おとなしく引きずられながら、丁良が申し訳なさそうな顔で会釈する。瓊花は返礼することもできず、唖然としたままふたりを見送った。

初対面からずっと澄まし込んで余裕綽々《よゆうしゃくしゃく》だった紅蓮郡主が、突然あんなに逆上するとは、いったいどういうことなんだろう？

しばしポカンとしていた瓊花は、ハッと思いついて掌を打ち合わせた。

「そういうことね……！」

そうだ。それに違いない。

足どり軽く戻ってきた瓊花を、玄兎は不思議そうに眺めた。

「ご機嫌だな」

「わかったの！」

「何が？」

「紅蓮郡主はね、丁良のことが好きなのよ」

自信満々に告げると、玄兎は首を傾げた。

「あの護衛か？　しかし、好きな男がいるならなんで俺に嫁ぎたがる？」

「玄兎に嫁ぎたいんじゃなくて、皇族の正室になりたいのよ」

「だからなんで。好きな相手がいるなら、どうにかしてそいつと一緒になりたがるものだろ。俺だって瓊花を嫁にするのにあちこち駆けずり回って了承を取り付けたんだぞ」

「それは――」

言いかけてハタと考え込んだ。

「……どうしてかしら？」

眉根を寄せると玄兎はガクリと肩を落とした。

「大体、郡主は本当に丁良が好きなのか？　瓊花の思い込みじゃないのか」

疑わしげに問われ、先ほどの出来事を話すと玄兎は腕を組んで唸った。

「なるほど。好意を抱いているのは確かなようだが、はたして恋愛感情なのか、それは」

「そういうふうに見えたけど……。だって、物凄い目つきで睨まれたのよ。あれは絶対嫉妬に違いないわ。わたしだって――」

顔を赤らめて口ごもると、嬉しそうに玄兎が顔を寄せてきた。

「わたしだって、なんだ?」

「……睨んじゃうと思うわ。もしも玄兎が他の女子と親しげに話し込んでたりしたら」

「ふむ。つまりきみは丁良と親しげに話し込んでたわけか」

「違うわよ!　ちょっと世間話をしてただけ。あの人、昔の記憶がないって言うから」

「記憶がない?」

玄兎の顔が真剣になる。瓊花は気後れしつつ頷いた。

「大怪我をして倒れてたのを紅蓮さまに助けられたそうなの。それ以前のことは何も覚えていないんですって」

「それはいつの話?」

「十年以上前みたいよ」

「十年前、ねぇ」

玄兎は眉を寄せて考え込んだ。不安になって瓊花は彼の顔を覗き込んだ。

「何か気になることでも?」

「――いや、なんでもない。俺も、瓊花は記憶をなくしてるのかもしれないと思ってたから、さ」

そういえば……と顔を赤らめると、彼は微笑んで瓊花の肩を抱き寄せた。そっと唇を重ねられ、誘惑のまなざしで見つめられる。

「夕餉までまだ時間があるな」

瓊花を抱き上げて榻《ながいす》へ運ぶ。ふたりで横になるには少し狭いが、仮眠するには充分な大きさだ。

長裙の裾をめくられ、ふくらはぎを撫で上げられると、ぞくぞくと下腹部が疼《うず》いた。衫襦の下で乳首が尖《とが》る。

彼の手が太腿《ふともも》に及ぶと、疼痛《とうつう》とともに花芽が張りつめ、付け根からじゅわりと蜜が滲《にじ》んだ。甘く促され、瓊花はおずおずと脚を開いた。

玄兎の熱い視線を受けて、さらに秘裂が潤う。

「このままでは長裙が汚れるな。ふさがないと」

囁いて玄兎は袍の前をくつろげ、下穿きを引き下ろした。ぶるんと雄茎が頭を振り立てる。軽く腕を引かれて膝立ちになった瓊花は吸い寄せられるように彼の膝に乗り上げた。

太棹の先端が、にゅくりと蜜口に沈む。思い切って腰を落とせば、たちまち剛直は根元まで花筒に埋まった。

むさぼった。

「はぁ……っん」

熱い溜め息を洩らした唇をふさがれ、舌が滑り込む。夢中になって瓊花は舌をからめ、むさぼった。

その間も玄兎は小刻みに腰を揺らし、奥処を穿ってくる。ずんずん突き上げられるにつれ、痺れるような快感が込み上げた。

ちゅぷちゅぷと舌を鳴らしながら口腔《こうこう》を探り合う。汗衫《したぎ》に乳首がこすれる刺激にさえ、すっかり過敏になった身体は狂おしく反応してしまう。

瓊花は逞しい玄兎の背に腕を回してしがみつき、花襞で肉槍をくるむようにして淫らに腰を揺らした。耳元で玄兎の官能的な吐息が聞こえ、ますます性感が昂《たかぶ》る。

唇を噛みしめて声を殺していると、そそのかすように玄兎が囁いた。

「遠慮せず声を出せ。そのほうが邪魔が入らずに済む」

「で、でも……あんッ」

深く腰を入れられ、剛直でぐりぐりと奥処をこじられて甲高い嬌声が喉を突いた。一度声を出してしまえば、こらえることはもうできない。

腰を打ちつけられるたび目の前に火花が散り、淫らな悦がり声が洩れてしまう。

「あっ、あっ、あん、んんっ」

焦点の合わない目を見開き、愉悦のままに瓊花は喘いだ。

まだ日も暮れていないのに、いつ誰が入ってきてもおかしくない書斎の榻《ながいす》で身体を繋げている。その背徳感で一層快感が強まり、背筋がぞくぞくする。

すでに瓊花の花筒は屹立《きつりつ》のかたちをすっかり覚え込み、濡れ襞をこすられるたびに天にも昇りそうな心地よさで絶えず噎《む》せ啼《な》いた。

下腹部がわななき、小さな恍惚《こうこつ》を繰り返す。ふるえる花襞にくるまれ、扱かれて、肉槍はさらに固く太くなってゆく。

「……出すぞ」

玄兎の熱い囁きに声もなく頷いた。絶頂の予感に媚壁がわななく。

腰を押しつけられると同時に情欲が解き放たれ、蜜壺深くどぷどぷと注ぎ込まれた。

忘我の境地で瓊花はうっとりと愉悦に浸《ひた》った。満ち足りた幸福感で四肢の先まで痺れている。全身が快楽の中に融《と》けていくようだ。

欲望を出し切ると、玄兎は満足の溜め息をついて己を引き抜いた。その刺激にさえ反応して、過敏になった蜜襞はひくひくと痙攣してしまう。

とろんと目を潤ませた瓊花に、玄兎は愛《いと》おしげな接吻を繰り返した。幾度となくくちづけながら愛を囁かれ、夢見心地でもたれかかる。その背を玄兎の大きな掌が優しく撫でた。

しばし抱き合って余韻に浸り、気だるく身なりを整える。夕食まで休んでいるといいと言われ、甘えることにした。

玄兎は想《おも》いを遂げるとすぐに気分一新できるようだが、自分はそうはいかない。快感の波が引いていくのにとても時間がかかる。

横になると玄兎が長衣をかけてくれた。頬を撫でられ、鼻のあたまに接吻されて目を閉じる。彼が静かに几案《つくえ》で書を読む気配が伝わってきた。

こんなふうに目を閉じて、衣擦《きぬず》れの音や書物の頁《ぺーじ》をめくる音、脇卓の茶炉《ちゃろ》でしゅんしゅんと湯が沸く音に耳を傾けるのが瓊花は好きだった。

いつまでも、この幸せな日常が続くことを願いながら、瓊花はうとうとと眠りに落ちていった。

その日の夕食に紅蓮郡主は姿を見せなかった。わざわざ呼びに行くのもおかしい気がしてなんとなく待っていると、侍女がやって来て拱手した。

「郡主は頭痛がするので夕食はいらないと仰せです」

相変わらず無表情に告げると、ふたたび一礼してさっさと行ってしまった。瓊花と玄兎は顔を見合わせた。

「……喜ぶべき、なんだろうな」

「そう、ね……」

なのに、どうにも引っかかって素直に喜べない。そのせいか、お邪魔虫がいないにもかかわらず食卓での会話は弾まなかった。

　食事を終え、黙ってお茶を飲んでいた瓊花は、こらえきれなくなって茶碗をコンと卓子に置いた。

「やっぱり、もう一回行ってくる」

　予想していたのか、玄兎に驚く様子はなかったが、それでも気づかわしげに瓊花を見た。

「俺も行こうか？」

「ううん。わたしひとりのほうが郡主も打ち明けやすいんじゃないかと思うの。昼間もそのつもりで行ったわけだし、ちょっと仕切り直して来るわ」

「わかった」

　瓊花は房室《へや》を出ると、厨房へ行ってみた。召使たちと一緒に夕食を取っていた秋冥が、瓊花に気付いて急いで立ち上がる。腰を浮かす召使たちを制し、瓊花は秋冥に耳打ちした。

「悪いけど何か軽いものを用意してくれる？　紅蓮郡主に持っていきたいの」

「わたしが持っていきますよ」

「いいの。ちょっと郡主と話したいこともあるから」

　秋冥は頷き、料理人頭の女性に頼んで何種類かの軽食を詰め合わせ、竹製のおかもちに入れてくれた。

同行するという申し出も一度は断ったが、足元が暗いから危ないと言われたのでちょうちんを持たせることにする。

自分でおかもちを持って紅蓮郡主の院子《なかにわ》へ行った。正房《おもや》は窓紙を透かして灯が見える。まだ起きてはいるようだ。

秋冥を帰し、階を上がって扉を敲いた。

「瓊花です。お夜食をお持ちしたのですけど、如何《いかが》ですか」

中で人の動く気配がする。窓紙に人影が射し、無表情な侍女が扉を開けた。

「郡主はもうお休みです。お引き取りください」

言うなり返事も聞かず、ぴしゃりと閉めてしまう。瓊花はめげずに掌で扉を敲いた。

「紅蓮さま。少しでいいのでお話しできませんか？　紅蓮さま」

敲き続けていると、バタンと扉が開いて侍女が眉を吊り上げた。

「しつこいですよ！　郡主はお休みですっ」

「……いいわ、小琴《しょうきん》。お通しして」

不機嫌そうな声が奥から聞こえ、侍女は憤然とした顔つきで脇に退いた。

入っていくと牀榻《しんだい》に紅蓮が座っていた。帳《とばり》は開かれたままで、くつろいだ長衣姿だが寝ていたのではないようだ。

瓊花は卓子《テーブル》におかもちを置き、中から料理を詰めた容器を取り出して並べた。

「お腹《なか》が空《す》いていらっしゃるのではないかと思って。水餃子《すいぎょうざ》、お好きでしたよね。温かいうちにどうぞ」

ふてくされた顔をしていた紅蓮の頬がぴくっと動く。

「……お下がり、小琴」

ぶっきらぼうに命じる。侍女はちらっと不満げな視線を瓊花に向けたが、黙って拱手して引き下がった。

扉が閉まると紅蓮は牀榻から立ち上がり、億劫《おっくう》そうに卓子に着いた。

水餃子の他に揚げ魚の甘酢あんかけや、陳皮を効かせた豚肉と大根の煮物など、あっさりめのものが並んでいる。ごく、と紅蓮の喉が動いた。

「別に、お腹は空いてないけど」

顎を反らして言ったとたん、ググゥ……と腹が鳴る。紅蓮は顎を反らしたまま、歯を食いしばって赤面した。

にっこり笑って隣に腰掛ける。

「どうぞ、冷めないうちに召し上がってください」

「わ、わざわざ持ってきてくれたから食べてあげるわよ……っ」

紅蓮は盛大な鼻息をつくと箸を握りしめ、猛然と食べ始めた。あくまで郡主としての品位を保ちつつも旺盛な食欲を見せる。

やはり頭痛というのは言い訳だったようだ。結局、持参した料理をほとんど平らげ、瓊花が淹《い》れた茶を啜《すす》って紅蓮は満足の溜め息をついた。

にこにこしている瓊花を横目で見て、むすっとした顔になる。

「謝りませんわよ、わたくし」

「別に謝罪を求めに来たわけではありませんから。ただ本当のことが知りたいんです」

「……何が知りたいの」

「わたしが思うに、紅蓮さまは丁良のことがお好きなのですよね？」

枕も振らずにズバリ切り込むと、紅蓮はお茶を噴きそうになった。

「な……っ、なん……!?」

噎《む》せる郡主の背中を慌ててさする。

「すみません、いきなりすぎました？」

「あ、あなたね……っ」

さらに咳《せ》き込《こ》みながら涙目で睨みつける。

「ごめんなさい。でも、絶対そうだと思って」

やっと咳《せき》が収まり、口許《くちもと》をぬぐった紅蓮が無言で茶碗を突き出す。瓊花は急いでお代わりを注いだ。

慎重に飲み干すと茶碗を置き、紅蓮は開き直って荒っぽく鼻を鳴らした。

「そうよ。ずっと好きだったの、彼のこと！」

「だったらどうしてこんなことを？　ご両親に反対されたんですか？」

「反対も何も！　あの唐変木、全然わかってないのよー！」

わぁっと泣きだして卓子《テーブル》に突っ伏し、拳でゴンゴン叩《たた》き始める。

なだめすかして聞き出したところによると——。

十一年前、七歳の紅蓮は両親とともに別荘から帰る途中、川辺で休憩した。きれいな石でもないかと、そこらで拾った木の枝で河原を突ついて遊んでいるうちに、少し先に誰か倒れていることに気付いた。

おっかなびっくり近づくと、紅蓮よりは大きいものの、まだ子どものようだ。木の枝で肩の辺りをおそるおそる突っ付けばぴくりと動く。紅蓮は飛び上がり、大声で叫んだ。

驚いた大人たちが駆けつけ、急いで焚《た》き火の側に運ぶ。それは十代前半とおぼしき少年だった。身につけているのは汗衫《したぎ》一枚で沓《くつ》も履いていない。

水に流されてしまったのか、あるいは追剝《おいはぎ》に身ぐるみはがれたのか、身元がわかりそうなものは何ひとつなかった。

「……冷えて真っ青だったけど、綺麗《きれい》な顔だったわ」

ぐすん、と鼻を啜り、紅蓮は手巾《しゅきん》で目許《めもと》を押さえて嘆息した。

どうやら紅蓮は意識不明かつ身元不明の少年に一目惚れしたようだ。

川で溺れた上、身ぐるみ剝がれた少年は身体が冷えきって発熱していた。馬車に乗せ、ありったけの衣類で包んでやっても意識は回復せず、それから何日も熱が引かなかった。助かりそうにないと医師に言われても紅蓮は諦めず、父母に止められても付き添いをやめなかった。献身的な看病のかいあって少年は回復したものの、何日も高熱を出したせいか、意識が戻ったときには何も覚えていなかった。

「記憶がないって言ってたのは、そういうことだったのね……」

瓊花は得心して呟いた。

「名前を思い出せないっていうから、わたくしがつけてあげたのよ。強く、良くなるように、という意味を込めてね」

なるほど、と頷いて瓊花は尋ねた。

「それからずっと彼のことを?」

紅蓮は頰を染めて頷いた。

「だって彼、素敵じゃない? 身元の手がかりはなかったけど、見ていてすぐにわかったわ。卑賤《ひせん》の生まれじゃないって。話し方にも物腰にも品があったもの。だから、わたくしの下男にしてってお父さまに頼んだのよ。最初は渋ってたけど、邸のどの下男より強いことがわかると認めてくれたわ」

武芸の心得だけでなく彼には教養もあった。読み書きはもちろん碁も打てた。父の霓王は何よりそれを喜んで、よく彼に相手をさせた。

郡主の警護を仰せつかり、外出には必ず供をした。家にいるときも勉強や庭の散策に付き合わせたり、碁を打ったり、琴と笛を合わせたりした。

「彼、笛も上手《うま》いの」

うっとりと紅蓮はのたまった。その表情は完全に恋する乙女で、正室にしろと玄兎に迫るときとはまるで違う。

「そんなに丁良が好きなら、どうして飛英皇子の正室になろうと？」

「それは彼が唐変木だからよ！　丁良ったら、わたくしの気持ちを全然わかってないんだもの！　他の女子から平気で香袋なんか受け取ったりするのよ。彼、素敵だからすごくもてるの」

嫉妬と誇らしさが混ざった顔で紅蓮は胸を張る。

「あの。紅蓮さまは丁良に自分の気持ちを言ったことがあるのですか？」

「わざわざ言わなくたって伝わるでしょ。あれだけ良くしてあげたんだから」

紅蓮は肩をすくめた。お姫さま育ちの彼女にとって、自分の機嫌や気持ちは察せられて当然のものなのだ。

「きちんと言葉にして伝えないと、わからないと思います」

「そんなはずないわ。彼は頭がいいんだもの」

「そういう問題ではなく……。丁良にとって紅蓮さまはご主人です。彼は仕える立場。そんな彼が、ご主人からの好意を恋愛感情だと思うでしょうか？　丁良が真面目な人物であるならなおのこと、そのように受け取るなどもっての外、不遜この上ないと考えるのではないでしょうか」

瓊花の言葉に紅蓮はぽかんとした。

「え……。彼、わかってないの？」

「その可能性が高いかと」

「そんなはずないわよ！」

紅蓮は顔を真っ赤にして言いつのる。

「彼はちゃんとわかってるわ。わたしもわかってる。彼はわたしのことなんて、全然好きじゃないのよ。命の恩人だから仕えているだけなの！　だからあんなことを……！」

「あんなこと？」

「……わたくしに、飛英皇子と結婚しろと言ったの」

今度は瓊花がぽかんとした。

「丁良が勧めたんですか⁉」

紅蓮は腹立たしげに頷く。混乱して瓊花は額を押さえた。

「あの。ちょっと、よくわからないんですけど……」

「だからっ――」

紅蓮の説明はあちこち飛ぶのでわかりづらかったが、整理してみると次のような次第らしい。

邸の女性使用人にモテモテの丁良に、かねてより紅蓮はやきもきしていた。

ある日のこと、彼が使用人の中でもとりわけ顔の造作がよい若い女中から手製の香袋を受け取っているのを目撃し、その危機感は決定的なものとなった。

早く結婚しないと彼を盗《と》られてしまうと焦った紅蓮は、それとなく結婚の話を持ち出した。さっさと求婚してよと直截《ちょくせつ》に迫るのは、さすがに郡主としての矜持《きょうじ》が邪魔をした。で、回りくどく結婚について語っていると、不明瞭な顔で聞いていた彼が突然言い出したのだ。紅蓮には皇族に嫁入りできる権利があったはずだ、と。

彼は紅蓮が母の霓王妃とともに霍家を訪れた際も供をしており、そこで小耳に挟んだらしい。霓王妃の兄である霍家の当主が、皇室との縁がどんどん薄くなっていると嘆いていたのを。

当主は紅蓮を皇族に嫁がせたいと言い、根回しを妹に頼んだ。しかし霓王妃はきっぱり断った。娘には好きな相手と結ばれてほしい、と。

そのとき紅蓮は『好きな相手』と聞いて当然丁良のことを思い浮かべ、彼との結婚式を想像してうっとりしていたので、その後の母と伯父の会話は覚えていない。

三人は庭の亭《あずまや》で話していたので、軒先に控えていた丁良にもその話はしっかり聞こえていた。

紅蓮も母方の一族が旧皇室であることはもちろん知っていた。知ってはいたが、あまり気にしていなかった。

父は今上帝の異母弟だ。つまり現皇室の一員、それもかなり中心に近いところにいる。なので、母方の伯父の『悲願』については関心がなかった。

すっかり忘れていたことを、よりにもよって意中の人である丁良から突然持ち出され、紅蓮は憤激した。

そんな遠回しに結婚を断るくらいなら、はっきり言えばいいじゃない！

自分だって遠回しに求婚を促したくせに、頭に来た紅蓮は、それはいい考えだと喜んでみせた。もしかして丁良が後悔したような顔をするのではと期待したのだが、彼はニコニコしているだけだった。

失望が嵩《こう》じ、紅蓮は自棄《やけ》になった。こうなったら絶対に皇族の正室になってやる。そして唐変木の丁良を見返してやるのだ……！

「――と、こんな具合で間違いありませんか？」

こめかみを押さえながら尋ねると、あっさり紅蓮は頷いた。

「ええ、そのとおりよ。それで改めて皇族を調べてみたら、ちょうどいいのが飛英皇子だけだったの」

ちょうどいいって何よ⁉　とねじ込みたかったが、そこはぐっとこらえる。

とにかく紅蓮が玄兎個人に関心がないことは大変喜ばしい。

「殿下がわたしと結婚していることは気にしなかったんですか？」

「だってあなた元は庶民でしょ。皇弟の実の娘であるわたしが嫁入りすれば、あなたは自動的に側室に格下げだもの」

首を絞めたくなったが、ぐぐっとこらえた。

自分勝手だが悪気はないのだ。蝶《ちょう》よ花よで育てられた無邪気なお姫さまなのだから致し方ない。悪意がないだけましである。

「……三皇子さまとの縁談なら揉めずに済んだのでは」

「あんな幼児と結婚したって丁良をぎゃふんと言わせられないわ」

「ぎゃふんと言わせるのが目的なんですか⁉」

「皇族の正室になったわたくしを見せつけて丁良に地団駄を踏ませたいの。だから相手はそれなりに見栄えのする人じゃないと。飛英皇子はその点ぴったりよ。丁良には及ばないけど、そこそこ美男で恰好《かっこう》いいから」

「飛英殿下は、すっごく美男で、すっごく恰好いいです！」

「あばたもえくぼね」

気の毒そうに言われて瓊花は二の句が継げなかった。その言葉はそっくりそのまま紅蓮に叩き返したい。

どうにか気を静めて話を続ける。

「――で。丁良は地団駄踏んでくれそうなんですか」

「それが全然……」

紅蓮は急に悄然《しょうぜん》となって溜め息をついた。

「もっと嫉妬させないとだめだってわかってるんだけど、丁良以外の男の人には二尺（60センチくらい）以上近寄りたくないし。我慢して近寄ろうとしても庶民出の嫁が鬼のような形相で始終見張ってるでしょ」

誰のせいよ！　と言いたいのを、ぐぐっとこらえる。まったく傍迷惑《はためいわく》なお姫さまだ。

はぁ、と瓊花は眉間を摘まんだ。

「わたしが思うに、そもそも丁良は紅蓮さまの気持ちを全然理解していないと思います」

「そんなわけないわよ！　丁良はとっても賢いんだからっ」

「どんなに賢くたって男女の機微にまで鋭いとは限りません。むしろ逆に、ものすっごく鈍いかも」

「丁良が鈍感だと言うの⁉」

紅蓮はまたも息巻いた。とにかく丁良を悪く言われるのは我慢できないらしい。本当に鈍感かもねと思いつつ、口に出すのは剣呑《けんのん》すぎるので差し控える。

「とにかく、はっきり言葉にしなければ気持ちが伝わらないということは必ずあると思います。わたしだって……飛英さまに惹かれていても、結婚したいとはっきり言ってくださるまで殿下のお気持ちに確信が持てませんでした」

「……そうなの？」

衝撃を受けたように紅蓮はまじまじと瓊花を見つめた。

「そうですよ。言わずとも察しろなんて、ちょっと傲慢じゃないですか？」

「傲慢……」

啞然とした顔で紅蓮は呟いた。そんなふうには露《つゆ》ほども考えたことがなかったのだろう。

「……あなたの言うとおりかもしれないわ。何も言わなくても丁良はちゃんとわかってくれてるって、思い込んでいたのね。いつだって彼はわたくしのしてほしいことを察してくれたから、気持ちも自然と伝わるものだと思ってた。でも違ったのね」

「好きだと言ってみましょう。はっきり伝えれば、いくら唐変木でもわかるはずです。それでもわからないようなら、ひとりの男性として好きなのだと言ってみてください」

紅蓮は急に赤くなってそわそわした。

「そ、そんな。女子のほうから告白するなんて、はしたないわ！　わたくしは郡主なのよ。庶民出のあなたとは違うの」

わたし本当は公主なんですけど⁉　と怒鳴りたいのをかろうじてこらえる。そろそろこらえるのも限界だ。

「気位を保つのも結構ですが、それで丁良が他の女子と結ばれちゃってもいいんですか？」

「いいわけないでしょ⁉　そんな不埒《ふらち》な女子、棒叩き三百回のち追放よ！」

追放されるまでもなく打撲傷で死ぬに違いない。

「そんなことすれば丁良に愛想を尽かされますよ」

「イヤッ」

「だったら言いましょうよ」

いいかげんうんざりしてきて投げやりに言うと、紅蓮はおずおずと瓊花を窺った。

「でも……告白して振られちゃったらどうするの？」

「棒叩き五百回のち追放にしたらいかがですか」

「だめよ！　丁良はずっとわたくしの側にいるの。いないとだめ！」

血相を変える紅蓮が急に子どもっぽく見えて噴き出しそうになり、慌てて咳払いをする。

「でも紅蓮さまは単に彼が側にいてくれるだけでは不満なのですよね。自分を好きになってもらいたい、と」

「そ、そうよ」

顔を赤らめて、ぷいっとそっぽを向く。

「もしも他に好きな人がいたら？」

「許さない！」

「いそうですか？」

「わ、わからないわ……。彼に香袋を渡した女中は馘《クビ》にしたけど、その娘がいなくなって
も別に彼、悲しそうでもないし」

そんな理由で追い出された女中が気の毒すぎる。

「だったらその娘と交際していたわけではないのでしょう。やはり郡主の口からはっきり
告げるべきだと思います。そうしないと今後も罪のない女中が失職しそうですし」

「でも……でも……」

イヤイヤと幼児のように首を振る。

「さもないと、ずうずうしい庶民に盗られちゃいますわよ」

ちょっと意地悪な気持ちになって皮肉ると、紅蓮は泣きだしそうな顔になった。

「は、恥ずかしくてとても言えないわ！　あなた、代わりに言ってくれない？」

「はぁ!?　なんでわたしが」

「あなたなら別に恥ずかしくないでしょ。他人事だし！　それとも丁良に気があるの!?

庶民はすぐ目移りするんだから！」

「庶民は関係ないでしょ⁉　わたしは飛英さま以外の殿方になんか興味ありませんッ」

「ならいいじゃない。わたくしの気持ちを彼に伝えてちょうだい」

高慢な命令口調に怒るより呆《あき》れる。

丁良の気持ちは知らないが、これ以上かかずらうのはごめんこうむりたい。

「わかりました。伝えましょう」

げんなり頷くと、紅蓮はパッと顔を輝かせた。

「本当に⁉」

「ただし条件があります」

「なんでも言って！」

「馘にした女中に補償金を渡すこと。できれば新しい勤め先も紹介してください」

「わかったわ！　すぐに邸の執事に手紙を書いて指示する」

「では早速参りましょう」

「えっ、どこへ」

「決まってるじゃないですか、丁良の房室《へや》です」

「今から⁉」

「こういうことは、とにかく勢いが大事なんです、よ！」

さっさと済ませたい一心で、ずいと迫る。紅蓮は気圧《けお》されたようにカクカク頷いた。

「彼の房室は？」

「東の廂房《しょうぼう》だけど……」

「行きましょう」

　瓊花は郡主の手を摑んでさっさと歩きだした。

「ちょ、ちょっと！　もう夜中よ⁉」

「まだ夕餉が済んだばかりじゃないですか。宵の口ですよ」

　かまわず郡主を引っ張って渡り廊下から東廂房へ入る。房室の扉を敲くと、いぶかしげな顔で丁良が顔を出した。

　瓊花を見て目を丸くし、さらに後ろでそわそわしている紅蓮に気付いて困惑する。

「ええと……。何か急用でも？」

「郡主からお話があります」

「ちょっと！　代わりに言ってくれるんじゃなかったの⁉」

　色をなす紅蓮を制し、瓊花は丁良に会釈した。

「自分の口からはとても言えないと紅蓮さまが仰るので、不肖わたくしが代弁させていただきます」

「何かお気に障ることでも……？」

　すっ、と瓊花は一呼吸すると、正面から丁良を見据えた。

「丁良さん。紅蓮郡主はあなたに一目惚れして、以来ずっとあなたの嫁になりたいと切望しておられます」

「よ、嫁⁉」

「言い方ー！」

涙目でわめく紅蓮を、瓊花はぐいっと前に押し出した。

「では、わたしはこれで」

「ちょっと！　それで終わり⁉」

「必要なことは言いました。あとは郡主ご自身でどうぞ」

「そんな……っ」

もう一度会釈すると、瓊花はさっと踵《きびす》を返した。廊下の門で肩ごしにちらりと振り向くと、真っ赤になってうつむく郡主を前に、丁良がおろおろしている。

困惑して頭を掻く彼の顔もまたほんのりと紅潮しているのを見てとり、瓊花はフフッと忍び笑った。

月明かりに照らされた甃《いしだたみ》を踊るような足どりで横切る。正房《おもや》へ駆け戻った瓊花は、書斎にいた玄兎に勢いよく抱きついた。

「思ったとおりだったわ！」

榻《ながいす》に並んで座り、紅蓮との遣り取りを話して聞かせると、玄兎は腹を抱えて笑った。

「そういうことか。郡主も困った意地っ張りだな」

「あの様子なら丁良も紅蓮さまのことが好きなのだと思うわ」

命の恩人であり、さらには相手が高貴な身分ということで、口にも態度にも出さずにいたのだろう。

瓊花は玄兎にもたれ、ふぅと溜め息をついた。

「……よかった。これで一安心」

「丁良を挑発するのが目的だったのなら、もう正室にしろと騒ぐこともないだろう」

「だけど、両想いになっても結婚できるかどうかはわからないわね」

「それはあのふたりが解決することだ」

そうね、と瓊花は頷いた。玄兎は瓊花を抱き上げて膝に乗せると甘く唇をふさいだ。コツリと額を合わせ、笑みを含んで彼は囁いた。

「これでもう遠慮せずに済むな」

「遠慮してたの？」

くすくす笑うと玄兎もまた笑って唇を合わせた。

「多少はね」

彼は瓊花を抱き上げて洞房《しんしつ》へ運んだ。

その夜は、いつも以上に甘い時が流れていった。

翌日から紅蓮の態度は一変した。相変わらず夕餉の席には押しかけて来るが、それは割り込むためではなく惚気《のろけ》るためであった。

さいわいなことに、丁良も以前から紅蓮のことが好きだったらしい。やはり身分差を慮《おもんぱか》って言い出せずにいたのだ。

それに、紅蓮の気持ちがどうなのか、いまひとつわからなかった。恋愛感情ではなく、単なる所有欲や独占欲にすぎないかもしれない。

そうだとしても、ずっと側にいるつもりだったと言われて紅蓮は感激のあまり泣きだしてしまい、丁良をおろおろさせた。

気持ちが通じ合ったからにはすぐにも霓州へ帰るだろうと思いきや、いましばらく京師《みやこ》に滞在するという。翼王府を出て、宮城に賜った殿舎に移るそうだ。

「新婚さんの邪魔をしては悪いものね」

満面の笑みで今さらなことを言われ、瓊花と玄兎は引き攣りぎみの笑顔になった。

とにもかくにも騒動が収まって安堵《あんど》した瓊花は、紅蓮に何か贈ろうという気持ちになった。装飾品もいいが、せっかくだから玄月堂の陶器にしよう。青磁か白磁——華月国からの輸入品を。

何かにつけて庶民呼ばわりされたので、開き直って陶器商の娘として。そして自分は実は華月国の公主であることを密《ひそ》やかに示すため。

腹いせのつもりも別にないけれど。

里帰りも兼ねて、久しぶりに瓊花は秋冥を連れて玄月堂を訪れた。

店にいた父と長兄が喜んで出迎え、邸にいる母も急いで呼び寄せてくれた。家族で卓子《テーブル》を囲んで談笑し、父に見立ててもらって贈り物を選ぶ。

優美な青磁の酒器一式を贈ることにした。お代はいらないと言われたが、きちんと払うので王府へ受け取りに来るよう頼んだ。

楽しいひとときを過ごして帰宅した瓊花は、身につけていた装飾品をしまおうとして、ふと違和感を覚えた。宝飾品を入れる螺鈿の函《はこ》の位置が微妙にずれている。

中を確かめたが、なくなっているものはない。二重底を開けてみると、錦袋がきちんと収まっていた。ただし中に入っているのは珊瑚の簪だ。華月国の御物である青翡翠は、玄兎に預かってもらっている。

瓊花は錦袋を縛る組紐《くみひも》の結び目をじっと見つめた。自分とは結び方が逆だ。誰かが開けたのは間違いない。

取り出した珊瑚の簪を握りしめる。不安がにわかに頭をもたげ、周囲を窺ってしまう。よくよく確かめたところ、他にも物の置き場所がずれていた。

帰宅した玄兎に訴えると彼は厳しい顔で炎颰を呼び、指示を与えた。素早く下がった炎颰は少しすると戻ってきて報告した。

「召使と警備の者に確認しましたが、不審者は誰も見かけていません。気になるようなことも特にはなかった、と」

「広い邸だ。目が届かぬのも無理はない」

「警備を強化します」

「……いや。そのままでいい」

炎颰は物問いたげに玄兎を見たが、黙って拱手して引き下がった。

「盗まれたものはないのだな？」

「ええ、ひとつも」

瓊花は頷き、そっと尋ねた。

「あれは……？」

玄兎は懐から錦袋を出した。丈夫な組紐で首から下げている。中から青翡翠を取り出して瓊花の掌に乗せる。

「このとおり無事だ。肌身離さず持ってるよ。入浴のときも目の届く場所に置いておく。寝るときは枕の下だ」

瓊花は青翡翠を胸に押し当て、玄兎に返した。彼は絹布にくるんで錦袋にしまい、服の下に隠す。

「やっぱり狙いは青翡翠……？」

「他に何も盗まれていないとなると、そう考えるべきだな」

ということは瓊花の身元が『敵』に知られてしまったわけだ。玄兎は青ざめる瓊花を抱き寄せ、優しく背中をさすった。

「心配するな。瓊花も青翡翠も絶対に守る。誰にも手出しはさせない」

こくりと頷き、それでも不安を抑えきれず瓊花は玄兎の胸に頬を押し当てた。


数日後、紅蓮郡主の一行は宮城に移ることになった。荷物をすべて運び出し、これまでのもてなしに対して郡主が懇ろに謝意を述べる。

頷いた玄兎は、後ろに控えている丁良に視線を向けた。

「去る前に、一度手合わせ願えないか？」

丁良は軽く目を瞬き、郡主を窺う。紅蓮は頷いた。

「お相手してさしあげなさい。──言っておきますけど、丁良は強いですわよ」

「そのようだな。手加減は無用だ」

「だ、そうよ。丁良。本気でやりなさい」

「御意」

丁良は一礼して進み出、背に負う大剣を抜き放った。

玄兎もまた炎颷がうやうや差し出した剣を鞘走《さやばし》らせる。

院子《なかにわ》の白い甃《いしだたみ》の上で両者は睨み合った。いきなり始まった闘いに瓊花はとまどったが、紅蓮のほうは昂奮《こうふん》に顔を紅潮させている。丁良の実力を見せつけたくてたまらないのだ。

先にしかけたのは玄兎だった。刃が目まぐるしく空を切り、ぶつかりあって金属音を中空に響かせる。

丁良の戦う姿を見るのは初めてだ。紅蓮が自信満々なだけあって、玄兎と互角に渡り合っている。瓊花はハラハラしながら見守った。

玄兎が強いことは承知しているが、一歩も引かない丁良もすごい。剣を打ち合う音が連続し、軽功を駆使して宙を舞い、裾がはためく。

「遠慮はいらないわ！　やっつけちゃってよ、丁良！」

昂奮して紅蓮が叫ぶ。瓊花も負けじと声を張った。

「がんばって玄兎！」

いつのまにか召使たちまで集まって、院子を取り巻いていた。双方の目覚ましい武芸の技に、皆目を輝かせて声援を送っている。

丁々発止《ちょうちょうはっし》の剣撃に、誰の目も釘付《くぎづ》けだ。鍔迫《つばぜ》り合いをしながら、玄兎が何かを囁く。丁良はかすかに目を瞠ったが、答えることなく力業で押し返した。

ひらりと飛びすさった玄兎が、剣を構えながらひたと丁良を見据える。火花を散らすような激しい睨み合いが続いたかと思うと、急に玄兎は口許をふっとゆるめて剣を下ろした。とまどった顔で丁良が目を瞬く。玄兎は抱拳して頭を下げた。

「感服した」

「丁良の勝ちだわ！」

歓声を上げる紅蓮に瓊花は言い返した。

「引き分けよ」

「先に剣を引いたんだから殿下の負けでしょ」

フフンと鼻で笑って紅蓮は丁良に駆け寄った。

「さすがはわたくしの侍衛ね」

「殿下は勝ちを譲ってくださったのですよ、郡主」

「いいえ、丁良の勝ち！」

満面の笑みで紅蓮は丁良の腕を自慢そうに抱えた。やきもきと瓊花が見ると玄兎はなだめるように苦笑した。

突然試合を放棄したように思えたのだが、いったいどういうことだろう。勝負というより、丁良の実力を確かめたかった、とか……？

改めてふたりは互いに抱拳して一礼した。丁良が勝った恰好なので紅蓮郡主はすっかりご満悦だ。

「いい気分でお別れできてよかったわ」

これでわかったでしょ、と言わんばかりの眄《ながしめ》に、瓊花はムッとしつつも品位を保って微笑んだ。一応お客さまなのだから花を持たせてやるべきだ。そう思えばいくぶんか腹立ちも収まる。

(玄兎が丁良に敵《かな》わなかったというわけじゃないんだし!)

紅蓮は上機嫌で馬車に乗り込み、錦で縁取りした簾《すだれ》の窓覆いをめくって顔を覗かせた。

「そうそう、あの青磁の酒器、気に入ったわ。本当よ。ありがとう」

じゃあね、と無邪気に手を振って引っ込む。

苦笑いして動き出した馬車を見送っていると、丁良が馬上から会釈した。会釈を返し、瓊花は一行が角を曲がって見えなくなるまで玄兎と並んで門前に佇んでいた。

「やっと静かになるな」

実感のこもった呟きに、軽く噴き出してしまう。連れ立って邸に戻りながら尋ねてみた。

「どうして途中でやめたの?」

「わかったから」

「彼の実力?」

「ん、まぁね」

　彼は思わせぶりにニヤリとした。

「何？」

「そのうちわかるさ」

「何よ、気になる！」

「あいつの左目、やっぱり見えてるな」

「あ、そのことだけど」

　紅蓮から惚気まじりに聞いたことを話しそびれていた。

　無事、丁良と気持ちが通じたのち、お礼だといって紅蓮から茶に招かれた。そのときになんとなく気になっていたことを尋ねてみたのだった。

「あの眼帯、京師《みやこ》へ来るときつけるよう命じたそうなの。彼、両目とも見えてるのよ」

　なんでそんなことをと呆れると、しれっとした顔で紅蓮はのたまった。

『彼、恰好いいでしょう？　もしも後宮の妃嬪や公主が彼に目をつけて欲しいって言われたら、立場上断れない。だから人相を悪くしようと思って』

「……ですって」

　肩をすくめると、玄兎も苦笑した。

「あの眼帯、透かし彫りで中から見えるようになってた。眼球が光をはじいて、動くのが見えたから、やっぱりな、と」

「変な人よね、紅蓮さまって。でも……案外純粋な人なのかも」

「一途《いちず》なことは確かだな。だが、一途さでは俺も負けないぞ」

くすくす笑って唇を合わせると、ふたりは寄り添って房室《へや》に戻った。

第七章　風雲急を告げる新婚旅行

「――わぁっ、綺麗！　見て、山の天辺《てっぺん》が白いわ」

　馬車の窓から顔を出し、瓊花が歓声を上げる。

「こら、そんなに身を乗り出すな。危ない」

　たしなめられてしぶしぶ座席に戻ったものの、やはり目が離せなくて窓辺にかじりついてしまう。そんな瓊花を、玄兎は苦笑しつつも愛おしそうに眺めた。

「こんなに高い山は初めて見るわ」

　感嘆の呟きに彼は頷いた。

「翼州は東西に走る二本の大山脈に囲まれた広大な盆地なんだ。四方に峠があって、交易路が通っている。物流の中心地でもある」

　説明に頷きながら熱心に風景を眺める。馬車は川沿いの道を進んでいた。前方に見える高山から流れだし、凌雲国を南下して南方諸国を通り抜け、海に注ぐのだという。

　紅蓮郡主が宮城へ去って半月。季節は晩夏から初秋へと移り始め、玄兎は延期していた封地視察に出かけることにした。

結婚を機に与えられた翼州は凌雲国の西部にある。香雪国と境を接してはいないが、国境までの距離はわりあい近い。

京師《みやこ》の璃城から離れているものの僻地《へきち》というわけではなく、西部一帯の中心地として栄えている。軍事的にも重要な拠点だ。

以前ここを任されていた皇族が亡くなって以来、三十年ほど皇帝直轄地となっていた。税収豊かなこの土地を結婚祝として与えたのは、玄兎に対する皇帝の信頼と愛情の証と言えよう。

とはいえ問題がないわけでもない。物流が集まるこの地からは四方へ交易路が延びている。しかも、どの道を通っても山越えが必須となる。

高低差はかなりあって、京師へ続く道が一番なだらかで整備も行き届いている。京師への直通路なので街道沿いに軍隊の駐屯地が一定の距離ごとに配置されており、当然ここを通る隊商が最も多い。

他の道は山中の峠越えとなるため、積荷を狙って山賊がよく出没する。玄兎がここを封地として与えられたのは、華月国境での山賊討伐の実績を買われてでのことでもあった。

皇帝は非常な子煩悩ではあるが、単に愛息に楽をさせてやろうと豊かな土地を与えたわけではなかった。それではただの親馬鹿だ。今上帝は適材適所を旨としている。

問題があることを承知のうえで拝命したわけだが、玄兎はひとまず様子見を兼ねての新婚旅行をと考えていた。

いきなり従妹が正室の地位を要求して押しかけてくるという思いがけぬ珍事もあったことだし、夫婦水入らずでゆっくりしたい。

さいわい翼州には風光明媚《ふうこうめいび》な名所がたくさんある。さらには泉質の異なる温泉もあちこちに点在している。

今回はそれらをゆっくり巡りながら、ついでに少しは仕事もするか、というのが玄兎の心づもりであった。

楽しそうに景色を眺める瓊花の様子に、玄兎はホッとしていた。謎の侵入があって以来、瓊花は当然ながら神経質になっている。

暗い顔で溜め息をつく姿を見るのはしのびない。華月国の現状調査は続けており、多少の進展もあった。

しかし迂闊に知らせるとぬか喜びになりかねないという恐れもあり、積極的に話すことは控えていた。

瓊花も気にはなっているのだろうが、遠慮しているのかせっつかれることはなかった。

時折彼女は珊瑚の簪を手にぼんやりしていることがある。それがまた玄兎にはいじらしくてならないのだった。

華月国の現況は、今のところ他国がどうこう言えるものではない。

現在皇帝を称している先帝の異母兄・曄暁慧《ようぎょうけい》が、正式な即位式を行なっていない以上、皇帝ではなく執権《しっけん》（実質的な最高権力者）と見做すと公言するのがせいぜいだ。

腕利きの密偵を複数送り込んで調査させてはいるが、暁慧が先帝を弑逆したという証拠は未《いま》だ見つからない。

具体的な証拠もしくは証人が発見できれば、継承権を持つ公主の夫として、軍を率いて直談判《じかだんぱん》しに行くこともできるのだが……。

気になることが、もうひとつある。

玄兎は右手を見下ろし、丁良と手合わせしたときの手応えを思い浮かべた。

（やはり、あの男――）

「玄兎！　見て、向こう岸に鹿がいる」

瓊花のはしゃいだ声に玄兎は我に返った。

「ん？　どれどれ」

並んで窓から顔を出すと、確かに川の対岸に鹿の群れがいて水を飲んでいる。

「ちょうどいい。あれを獲《と》って昼飯にしよう」

「そんなつもりで言ったんじゃないわ」

焦る瓊花に彼は笑いかけた。

「鹿肉は美味《うま》いんだぞ。貧血や冷え性を予防する効果もある。女子には最適だろう」

玄兎は炎颸に命じて対岸の鹿を射させた。飛び道具ならなんでもござれの炎颸は、もちろん弓矢も得意だ。

難なく射止め、その場で鹿を捌《さば》いてありがたく全員で食した。


州都の中心部にある官邸に到着したのは夕方だった。

すでに宵闇も濃くなっていたので職員や召使の挨拶は明朝にして、その日は早めに休む。

翌日から一週間ほどを公務に費やし、改めて新婚旅行に出発することにした。地元の職員からお勧めの名所を教えてもらい、護衛も少人数に絞る。

向かったのは北側の山腹に広がる高原だ。滝や小さな湖沼が点在する風光明媚な場所で、温泉もあり、高台からは州都の町並みが一望できる。

そこには小さな離宮もあった。以前ここを治めていた親王が作らせたもので、いつ皇族が来ても大丈夫なように今でも維持管理されている。

そのことを官邸執事から初日に聞いた玄兎は、すぐさまそこを訪れることに決め、準備しておくよう命じて公務に励んだのだった。

山麓までは馬車で行き、そこからのんびり馬に揺られること数時間で到着した。離宮といってもごくこじんまりとした田舎家風で、周囲に城壁もない。

昔ここには小さな山寺があったらしく、建物はすべて新しく建て直されたが、苔《こけ》むした石積みや階段がまだ残っている。

警備の面からすると心許ないと炎颷は渋い顔をしたが、風情もあり、開放的で清々《すがすが》しいと瓊花も玄兎も気に入った。

ここで十日ほど周囲を散策したり、狩りをしたり、書画をたしなんだりしてゆっくり過ごすつもりだ。

離宮には温泉を引き込んだ広い湯殿がしつらえられていたが、他に坪庭に面した小さな露天風呂もあった。

露地に植えられた秋草を眺め、そよ風を感じながらゆったりと湯に浸《つ》かるのはとても心地よい。瓊花はすっかり気に入ってしまった。

桃源郷のような日々は瞬く間に過ぎ、早くも明日は州都の官邸に戻らねばならない日となった。

「そんなに気に入ったのなら官邸にも作らせようか。なんなら京師《みやこ》の邸にも」

最後の夜、月明かりの下で露天風呂に浸かりながら、玄兎が瓊花の肩を抱き寄せて甘い声音で囁いた。

心を動かされる提案だったが、微笑んでかぶりを振る。

「ここにあるからいいのよ。ここにしかないから、また来たくなる。そういう場所があるって素敵なことじゃない？」

「それもそうだな」

「ところで、州都に戻ってからの予定は？」

「一月ほどかけて州内を巡察するつもりだ」

「わたしもついて行っていい？」

「山塞（山賊のアジト）の現地調査をしたい。襲撃の恐れもあるから、瓊花には官邸で待っていてほしい」

「……わかったわ。でも気をつけてね？」

やはり心配せずにはいられなくて念を押すと、玄兎はにっこりして瓊花を抱き寄せた。

「用心するよ。瓊花を残して死ぬのはいやだからな」

「変なこと言わないで！」

「冗談だよ。山賊なんかに負けるものか」

「冗談でもそんなこと言っては厭。心配で眠れなくなっちゃう」

「ごめん。本当に気をつけるから」

ちゅ、と唇を吸われ、瓊花は彼の背に腕を回して抱きついた。

「……ずっと一緒にいたい」

「俺もだよ。でも、危ないところへは連れて行けない。瓊花には安全なところにいてほしいんだ。そうでないと安心できない」

「わたしは玄兎と一緒なら安心だけど、玄兎は違うのね」

「ごめんよ」

「そうじゃないの。玄兎に心配はかけたくないわ。でも……わたしが安心だと玄兎が心配して、玄兎が安心だとわたしが心配するなんて、うまくいかないなぁと思って」

ハハッと玄兎は笑った。

「ふたりそろって安心できるのが一番だが、安全な場所にこもっていては、皇族としての務めが果たせない」

「わかるけど……。ひとりだとどうしても不安なの」

「ふむ。だったら、ふたりなら?」

「ふたり?」

ぎょっとして彼を見上げると、悪戯《いたずら》っぽく笑っている。

「まさか側室を娶るつもり!?」

「そんなわけないだろ。子がいれば寂しさがまぎれるかと思ってさ」

瓊花は目を瞬き、ぽっと頬を染めた。

「……それは、もちろん、欲しいけど」

「もしかしたら、もうできてるかもしれないな。あれだけ散々したことだし」

平らな腹を優しく撫でた手が、水面下で揺らめく茂みをかき分ける。ちょん、と花芽を突つかれて瓊花はびくりと肩を揺らした。

指先で媚蕾の根元を撫でられるうちに、じわじわと蜜が滲み始めた。ゆっくりと指を動かしながら玄兎は囁いた。

「兆しが見えるまでは、とにかく励もう」

屈《かが》み込んで乳首をぺろりと舐める。

「んッ」

瓊花は顎を反らした。

湯を浴びてすでにそばだっていた乳首は、性感の刺激を受けてさらにツンと尖る。舌先で小刻みにねぶられ吸われて、じぃんと下腹部が痺れた。

潤んだ瞳を伏せ、瓊花は熱っぽい溜め息を洩らした。

「ますます敏感になったたな」

満足げに玄兎が呟く。瓊花は顔を赤らめた。

実際、絶頂経験を重ねるほど感度が増している気がする。快楽を知らなかった頃など、もはや思い出せない。

愛し尽くされ、たっぷりと精を注がれて満足しきっていても、求められれば即座に反応してしまう。

いつのまにこれほど貪欲になってしまったのかと恥じ入るも、そんな羞恥心さえすぐに快楽に呑み込まれてしまうのが常だった。

乳首を舐められながら指を出し入れされると勝手に腰が揺れ、ちゃぷちゃぷと湯が波立つ。固い関節に柔襞をこすられる感覚が心地よくてたまらない。

瓊花は彼のうなじにすがりつき、腰を振りながら喘いだ。すでに意識にあるのはこの快楽を極限まで追い求めることだけだ。

とりわけ感じる部分を指先でこりこりと刺激され、瓊花はヒッと嬌声を上げた。

「んんッ、そこ……だめ……っ」

「好きなところだろう?」

「だから、だめ……なのっ……!」

そこを刺激されると、すぐに達してしまう。今回も、やはり長くはもたなかった。びくびくと身体をわななかせ、瓊花は絶頂した。

玄兎は力なく喘ぐ瓊花の身体を抱え上げ、後ろ向きにした。縁取りの岩に両手をつき、腰を突き出す恰好を取らされる。

未だ痙攣のやまない花弁に、ぬるりと舌が入り込んだ。

「やぁっ」

快感に潤んだ目をこぼれそうなほどに見開く。臀朶《しりたぶ》を鷲掴んで左右に割り、剝き出しになった秘処を玄兎は容赦なく舐めしゃぶった。

「んぁっ、あっ、あっ、あっ、あんんっ」

唇を嚙んで声を殺そうとしても、脳天を貫かれるような刺激には逆らえない。悦楽の涙が睫毛を重く濡らし、岩についた腕がぶるぶる震えた。

秘処を舐められるのは初めてではないけれど、あまりに刺激が強すぎて苦手意識がある。玄兎は瓊花の示す過敏な反応が気に入っているようで、頼んでもやめてくれない。

本当につらくて厭なら別だが、とにかく気持ちいいのは確かだから、瓊花も強く拒むことができなかった。

濡れた岩に両手をつき、腰を反らせて喘ぐ。尖らせた舌を花筒にねじ込みながら、ちゅくちゅくと秘珠を吸われると、眩暈がするような快感に襲われて何も考えられなくなる。

「ん……ん……」

もっと、とねだるように勝手に脚が開き、腰が揺れる。玄兎が身じろぎするたび湯が波立つ音に混じってじゅぷじゅぷと花弁を吸う淫靡《いんび》な音が聞こえ、瓊花は羞恥と昂奮とでわななないた。

舌と指を使って弄ばれるうちに、下腹部から不穏なうねりが湧き起こる。瓊花は焦って湯気と涙で重くなった睫毛を瞬いた。

「や……っ、だめ、あっ」

ずくん、と奥処に衝撃が走る。

瓊花は必死に太腿を閉じ合わせ、肩ごしに振り向いて玄兎に懇願した。

「は、離して。何か……変なの……っ」

だが玄兎はかまわず舌戯をやめようとしない。

(あぁっ、もう……だめ……!)

「んくっ……」

ぎゅっと唇を噛みしめる。

愛液とは異なる熱い潮が、ぷしゅりとはじけた。まるで小水のように続けざまにびゅくびゅくと蜜潮が噴き出し、濡れた太腿を伝ってぽたぽたと湯に落ちる。

瓊花は恥じ入って真っ赤になり、ぷるぷると拳を震わせた。

以前にも交接の最中に同じことがあって、恥ずかしくて死にそうだったのに。

小水ではなく、愉悦で昂った女子にはたまさかあることだとなだめられていくらか落ち着いたものの、やはり恥ずかしいことに変わりはない。もう二度とそうならないように願っていたが、自身で制御できるものではなかったようだ。

玄兎は淫液で濡れた腿や臀を愛おしげに撫で、震える背中にくちづけを落とした。背骨のくぼみに舌を這《は》わされ、びくんと背をしならせる。

「かわいいな」

舌なめずりするような声音で囁き、玄兎は臀朶をぐにぐにと捏ね回した。

左右に大きく割られ、ひくひくと痙攣し続ける濡れそぼった秘裂が剝き出しになる。わななく花弁に固い尖端《せんたん》が押しつけられ、張り出したえらが蜜襞を割って侵入した。とば口にずるんと滑り込んだ剛直で、一気に最奥まで貫かれる。

肉鞘をいっぱいに満たされる充溢《じゅういつ》感に、意識が飛びそうになった。

「ひぐっ」

反射的に喉を反らす。ずんっ、と太棹に突き上げられ、見開いた目から涙が飛び散った。

腰を摑んだ玄兎が、勇壮に腰を振り始める。

「んッ、んッ、あッ、やッ……あぁッ」

豊満な乳房がたゆたゆと揺れ、乳首の先から汗と水滴が滴り落ちる。

目の前がチカチカして、瓊花は幾度となく瞬きを繰り返した。腰が打ちつけられるたび、濡れた肌が勢いよくぶつかってパンパンと淫らな打擲音を響かせる。

腰を入れられるごとに挿入が深くなり、快感で下りてきた子宮口を小突き上げた。

「はぁっ、ぁっ、ふぁあっ……！」

濡れた唇から嬌声とともに唾液がこぼれる。こめかみを伝う汗と湯気の滴は愉悦の涙と混じり合い、頰を伝って頤《あご》から滴り落ちた。

抽挿に合わせ、無意識に腰を振りたくる。まるで二匹の淫獣が絡み合っているかのごとき幻覚に捕らわれ、狂おしいほど快感が昂る。

蜜壺深く雄茎を挿入し、密着した腰をえぐるように押し回しながら、玄兎は揺れる乳房を両手で摑んで荒々しく揉みしだいた。

指先ですり潰すように乳首を捏ね、引っ張られると、むず痒く甘い疼きで脳髄が痺れる。恍惚感がどっと押し寄せ、瓊花はいっとき放心した。

絡みついた花弁に絞り上げられ、玄兎が官能的に呻く。

彼は悦楽を味わい尽くすとふたたび抽挿を始めた。

すでに瓊花の意識は朦朧となり、快楽に翻弄されるまま腰を蠢かし、淫蕩《いんとう》に喘ぐことしかできない。

わななく蜜襞をこじるように突き上げていた玄兎が、はぁっと熱い吐息を洩らした。

「……まったく、際限がない」

憑《つ》かれたように囁いて、大きく腰を前後させる。抜け出るほどに腰を引いては一息に打ちつけられ、快楽に溺れる瓊花の身体は頼りなく揺れた。

「孕《はら》め、瓊花。俺の子を」

熱情にまみれた囁きに、がくがくと頷く。

「んッ……」

ふ、と吐息をついた玄兎は、いっそう激しく抽挿を始めた。その動きは次第に小刻みな律動となり、息を荒らげた彼がひときわ強く腰を押しつける。

びゅるっ、と熱液が蠕動《ぜんどう》する媚壁に降り注いだ。全身がとろけるような快感に包まれ、指先まで甘く痺れる。

熱い情欲で蜜壺を満たされる幸福感に、瓊花は我を忘れて恍惚となった。

肉棒が引き抜かれると、ぽかりと虚が開いた感覚に襲われ、ぶるっと身を震わせる。

未だ痙攣し続ける花襞から白濁がとろとろと滴り落ち、腿を伝った。

玄兎は優しく瓊花の身体を支え、湯に浸かると掌で全身をくまなくさすった。

いたわりに満ちたその動きに、うっとりと身を任せる。

頬や唇、目許、額と、甘い接吻を繰り返され、彼の深い愛情がしみ入るように伝わってきて、瓊花は幸福感と満足感に包まれた。

汗と体液をていねいに洗い落とすと玄兎は瓊花を抱き上げて牀榻《しんだい》に運んだ。

肌触りのよい絹の褥の上で思いっきり甘やかされ、睦み合う。

何もかも忘れて悦楽に浸り、彼の腕に抱かれて瓊花は心地よい眠りに落ちた。


翌日。離宮での最後の朝食をゆったりと味わい、馬に揺られて帰途についた。

山麓までは馬車が迎えに来ていたので、乗り換えて官邸に戻る。

異変は門前まで来たときに起こった。差し出された玄兎の手を取って馬車から下りたとたん、門の中から留守居の官吏が青い顔で走り出てきたのだ。

「殿下、大変なことが」

「どうした？」

ただならぬ様子に玄兎の顔に緊張が走る。

官吏が急いで奉った書簡をさっと開き、一瞥して玄兎は唸った。

「兄上がお倒れになった」

「皇太子殿下が⁉」

「急ぎ帰京せよとの勅命だ。——すぐに用意を」

官吏の後からあたふたと出てきた執事に命令する。執事は慌てて拱手し、ふたたび邸内へ走り戻っていった。

取るものもとりあえず、ふたたび馬車に乗って出発する。新婚旅行の甘い余韻は消し飛び、玄兎は難しい顔で腕を組んで長いこと押し黙っていた。

馬車は街道をひた走り、時折がくんと大きく揺れる。

長々と考え込んでいた玄兎は、我に返った様子で窓覆いをめくり、現在地を確かめた。

青ざめた瓊花の顔色に気付き、済まなそうに眉根を寄せる。

「悪い。たいしてゆっくりできなかったな」

「そんなことないわ。それに、皇太子殿下はわたしにとっても義兄上だもの……。一刻も早く京師《みやこ》に戻りましょう」

玄兎は頷き、座席にもたれて嘆息した。

「兄上は非常に聡明《そうめい》な方なのだが……お気の毒なことに生まれつきあまり身体が丈夫ではないのだ」

瓊花は何度か拝謁した皇太子の端整な顔を思い浮かべた。

凌雲国の皇太子は名を龍潤《りょうじゅん》と言い、玄兎こと第二皇子飛英とは母が異なる。皇太子の生母は皇后で、玄兎の生母は淑妃《しゅくひ》（皇后に次ぐ四妃の中の第二位）だが、すでにどちらも亡くなっている。

玄兎を産んだ明朱憂《めいしゅゆう》は、玄兎が十歳になる頃、病を得て儚《はかな》くなった。元は楚娥《そが》皇后――当時は皇太子妃――の侍女だったが、皇后の妊娠中にお手がつき、才人《さいじん》（下位の嬪《きさき》）となった。

しかし皇后は朱憂を憎まなかった。彼女は後宮入りする前からの側仕えで、どうやら主人を出し抜いたのではなくむしろ主人の命令で皇帝の閨《ねや》に侍《はべ》った、というのが真相であるらしい。

要するに、皇后がお相手できない間に寵愛が他家の女子に向くのを防ごうとしたようなのだ。

それが事実かどうかは、すでにふたりともこの世にない今となっては確かめようもないが、第二皇子を産んで淑妃に封じられても、ふたりの仲は円満だった。

淑妃の没後、彼女に貴妃位を追贈してはと勧めたのも皇后である。そして明淑妃は明貴妃として陵墓に祀《まつ》られている。

皇后は、母亡き後の玄兎を実子同様に遇した。背景には後宮の権力争いがあったのだとしても、明淑妃は皇后に忠実であり続け、皇后が彼女に報いようとしたのは確かだ。

玄兎は皇后をもうひとりの母として慕い、皇太子もまた玄兎の母を同様に敬った。皇帝の教育方針もあり、腹違いとはいえ玄兎と皇太子はとても仲のよい兄弟だった。

「兄上は頭が良いだけでなく、気性も穏やかで思いやりのある方だ。俺は兄上のことをすごく尊敬している」

それは玄兎の言動や、ふたりの気の置けないやりとりからも窺える。

養家の兄たちからかわいがられて育った瓊花は、玄兎と皇太子が仲のよい兄弟であることを、とても嬉しく思っていた。

それだけに、皇太子が病弱であることや、香雪国から嫁いできた正室を早々と亡くしたことが気の毒でならない。

「ご病状は重いの……？」

「もともと心の臓が強くなくて、すぐに息切れするんだ。走り回って遊ぶこともままならず、代わりに大量の書物を読破されたよ」

ふっと玄兎は目許を和ませた。

「……幼い頃、俺が兄上の分まで武芸に励むから、兄上は俺の分まで勉学なさってくださいと申し上げたことがある。そんなことを言って、さぼるつもりだなと笑われたよ」

「まぁ」

ふふっと瓊花は笑った。

「結局、兄上と並んで勉強させられた。兄上は俺が武芸の稽古を受けるのを、いつも熱心に見ていらしたよ。型はすべて記憶していて、繰り返し頭の中で稽古なさっているんだ。心臓に負担がかからない柔軟運動は欠かさず行なっているし、短時間なら遣り合うことだってできるんだぞ」

自慢そうに言う玄兎が微笑ましい。兄が大好きで、誇りに思っていることがよくわかる。

「大事ないと、いいんだが……」

悩ましげに嘆息する玄兎の手を、瓊花はそっと握りしめた。

往路は物見遊山も兼ねてゆっくり進んだが、今度はできるかぎり飛ばしたので行きの半分の日数で京師《みやこ》に到着した。

宮城へ直行し、何をおいても東宮（皇太子の住まい）の御殿に参内する。

皇太子は豪奢《ごうしゃ》な牀榻《しんだい》で半身を起こし、書を読んでいた。

「兄上」

玄兎は房室《へや》に入ると拱手もそこそこに兄の様子を心配そうに窺った。

皇太子は書を膝に置き、申し訳なさそうな笑みを浮かべた。

「戻ったのか。新婚旅行を台無しにしてすまない。——鳳花郡主にも悪いことをしてしまったな」

「とんでもないことでございます」

瓊花は拱手して深々と拝礼した。

皇太子は側仕えの太監（宦官）に身振りで指図し、瓊花に椅子を勧めさせた。玄兎には、牀榻をぽんぽん叩いて座れと促す。

玄兎は兄のかたわらに腰掛け、気づかわしげに見つめた。

「ご容態はいかがですか」

「うん、だいぶ落ち着いたよ」

にっこりして皇太子は頷いた。

療養中なので髻は結わず、うなじで軽く束ねている。線が細く優婉《ゆうえん》な美貌は母后に似たのだろう。一見しただけでは玄兎との共通点は見つからない。

一方玄兎ははっきりと父親似の秀麗な顔立ちで、一目で父子とわかる。

玄兎はもどかしげに顔をしかめた。

「太医どもは、いったい何をしてたんだ⁉」

「まぁ、そう言うな。彼らはよくやってくれてるよ。私の心臓がぽんこつなのさ」

「ぽんこつなどと！」

憤慨したように玄兎が鼻を鳴らす。

くっくと愉《たの》しげに皇太子は笑い、情愛のこもったまなざしで弟を見た。

「いくらぽんこつでも取り替えるわけにはいかないから、せいぜい大事にしないとな」

「そうです、無理はなさらないでください。何か俺にできることは？　なんでもしますよ」

「なんでも？」

「はい！　兄上のお役に立てるのであれば、どんなことでも」

「では、代わってくれないか」

にっこりと言われて首を傾げる。

「何をです？」

「皇太子のお役目だ」

「ああ、代理ですね！　兄上のようにはいきませんが、せいいっぱい努力します」

「いや、代わってほしいのだよ。私は下りるから。つまりだな、私の代わりに皇太子になってくれ」

玄兎はぽかんと兄を見た。瓊花も呆気《あっけ》に取られて目を見開く。

「――――はぁ!?」

動転して飛び上がり、へどもどと玄兎は叫んだ。

「い、いきなり何を言い出すんですか!?」

「以前から考えていたことだ。父上にはすでにその旨申し上げてある」

「そんな勝手な……」

ごくりと玄兎は喉を鳴らした。

「……あのですね。兄上もご存じでしょうが、俺はバリバリの武闘派なんです。剣や拳を振り回したり、蹴っ飛ばしたりするのは大得意ですが、政治はダメです」

「翼州王を拝命したではないか」

「あれは州長官が実質的な采配をするからいいんですよ！　俺は山賊退治とか、軍の教練とか、治安関係の担当ですっ」

「そうは言ってもおまえの封地だ。万が一、州長官や官吏どもが腐敗していたらどうする？　おまえの目の届かぬところで不正を働き、私腹を肥やしたりしたら。上がってきた報告書にハンコを押すだけでは皇族の務めは果たせぬぞ」

びしびし言われ、玄兎は気圧されて口をぱくぱくさせる。

「お……俺には無理ですよ。自分の封地くらいはなんとかなっても、国政なんて荷が重すぎます！」

「なに、今から学べばいい。まだ時間はあるぞ。私だって、そうすぐにくたばるつもりはないからな」

「無理ですって！　兄上には長生きしてほしいですけど！」

「決めるのは父上だ」

「いや、俺はだめでしょ⁉」

「検討中だ」

背後から威厳のある声が響き、玄兎は驚いて振り返った。五爪の龍が刺繡された黄錦の袍をまとった皇帝が、太監（宦官長）を従えて房室《へや》の入り口に立っている。

瓊花は慌てて立ち上がり、深々と一礼した。室内にいた宦官や女官たちも一歩下がってうやうやしく拱手拝礼する。

「父上」

拱手して頭を下げる玄兎に、凌雲国皇帝・驪逖龍威《りょうい》は頷いた。

「楽にせよ」

めた。

「恐れ入ります」

「そなたも、そのままでよい」

起き上がろうとした皇太子を掌で制する。皇帝は後ろ手を組み、しげしげと長男を見つ
「だいぶ顔色がよくなったな」

「はい。こうして飛英がすぐに来てくれたので安堵いたしました」

「そなたたちの仲がよくて、朕《ちん》も嬉しいぞ」

「兄思いの弟を持って私は幸せです」

にっこりする兄と鷹揚に頷く父を、玄兎は焦って交互に見た。

「あの。父上、兄上。ご冗談は――」

「冗談を言えるような状況か」

「いえ……」

厳しい目を向けられ、玄兎はしゅんとなる。

「皇太子が、単に己の健康不安から太子位を辞退したとでも？」

「それは、どういう……」

とまどう玄兎に、皇太子は静かな微笑を向けた。

「考えてもみろ。我ら驪逖氏は、元は遥か北域の草原で水草《みずくさ》を求めてさまよう遊牧の民の

小部族にすぎなかった。他部族に押されてやむなく南下し、霄国の客将となった。数々の戦いで勝利を収め、勢力を拡大し……かつての敵対部族も平定した。ついには霄の皇族だった霍一族より禅譲を受けて帝位に就き、国号を凌雲と改めたのだ。何故、我らが太祖が国を譲られたと思う？　――強かったからだ。もとは異民族である我らが受け入れられたのは、この国の民を外敵から守り、皆が安心して暮らせるように努めたからだ」

皇太子はかすかに乱れた息を整え、ひたと玄兎を見つめた。

「我々がこの地に根を下ろしてすでに百年。我らを蕃族《ばんぞく》と蔑む者はもういない。だが、民草に不平が溜まればそのことを持ち出す者が必ず出るであろう。ゆえに凌雲国の皇帝は壮健でなければならぬ。民草を安心させるためにも、皇室は頼りがいがあると信頼されねばならぬのだ」

玄兎は絶句して兄を見返した。

「ですが兄上は……皇后のお子です……」

「母上は赦してくださるさ」

「でも皇后は俺に仰ったんです！　皇太子を補佐せよと。いつでも兄弟仲良く補いあって、この国を支えるように、と」

「ならばなおのこと、母上の御心《みこころ》に背くことにはなるまい。おまえが皇太子となり、私がおまえを補佐しても同じことだ。兄弟仲良く補いあって、我らが凌雲国を支えていこうではないか」

「兄上……」

「まだ決定したわけではない」

　黙って聞いていた皇帝は、なだめるように口調をやわらげた。

「皇太子自身が希望しているからといって、あっさり首をすげ替えるわけにはいかぬ。現在、朝堂《ちょうどう》（内閣のようなもの）に諮《はか》っているところだ。あまりに反対が多ければ、朕としても強行はできぬ。後に禍根を残すことになりかねないからな。皇族の間に軋轢《あつれき》が生じれば、付け入って甘い汁を吸おうとする虫も出てくるやもしれぬ」

「御意にございます」

　皇太子がうやうやしく頷くと、皇帝はかすかに鼻を鳴らした。

「……すでにそのような虫の卵が生じているかもしれぬしな」

　皇帝は独りごちるように呟き、玄兎に目を向けた。

「結論が出るまでは妃とともに宮城にとどまれ。よいな」

「御意」

　玄兎に倣って瓊花も拱手拝礼する。

「父上。飛英の宿舎を東宮に用意してもかまいませんか？」

　皇太子が呼びかけると、皇帝は振り向いて頷いた。

「好きにせよ」

一同が畏まって拝礼する中、皇帝は太監を従えて悠々と去っていった。

顔を上げた玄兎は恨めしそうに兄を睨んだが、皇太子は悪びれることなくにっこりと満面の笑みを浮かべた。

第八章　永遠の誓い、のち毒殺未遂

玄兎と瓊花は東宮の一角に殿舎を与えられ、宮中に滞在することとなった。

予想もしなかった事態にふたりとも困惑しきりだが、皇帝の意向には逆らえない。

龍潤は弟に太子位を譲ると言い張り、もはや独り決めした態だ。毎日玄兎を呼びつけ、国政のあれこれを叩き込もうとやる気満々である。

玄兎は世継ぎになるなどこれまで一度も考えたことがなく、だいぶ長々と放心していたが、兄から懇々と諭され、やがてはそれもやむなしと諦め（？）の境地に達したらしい。兄が相談役となって補佐してくれることを条件に、しぶしぶ受け入れた。

落ち着いて考えてみれば、自分が固辞した場合、新皇太子に立てられるのは第三皇子しかいない。第三皇子は今上帝の末子で、まだ二歳である。

しかも、母親の宋貴妃の父は歴代の重臣で、なおかつ国内でも指折りの大富豪と縁戚関係にあり、宮廷内外での影響力がことのほか大きい。

「おそらく宋大臣は俺の立太子に反対してくると思う」

院子《なかにわ》の亭《あずまや》で瓊花と茶を呑みながら、難しい顔で玄兎は呟いた。

「でも、順番からすればそうなるのよね？」

万一玄兎が凌雲国の皇帝になり、自分が華月国公主の身分を取り戻して皇位を継ぐことになれば果たしてどうなるのか。婚姻関係は維持できるのだろうか。

いろいろと問題が噴出しそうで非常に不安だが、その問題を持ち出すことは控えた。

「生まれた順が考慮されるのは母親が同じ場合だけだ。腹違いなら母親の身分で序列が決まる」

「玄兎の母上も貴妃でしょ？」

「死後の追贈だ。生前は淑妃だった。現に貴妃である宋氏のほうが身分が高いから、序列を重視するなら弟のほうが継承順位は上になる」

「そうなの……」

「それに宋氏は重臣の娘で母親は正室だ。俺の母上は平民の出で元は皇后の侍女だからな。身分では全然敵わないよ」

玄兎は肩をすくめた。

「でも……なんだか理不尽だわ」

「仕方ない、そういう決まりなんだ。官僚だって科挙制度があるとはいえ、結局はカネとコネが幅を利かせてる。ましてや皇族となれば、ね。跡取りを決めるのは皇帝だが、朝堂の意見を無視すれば反発を招き、臣下の不満が高まって内紛の火種になりかねない」

玄兎の推測が的を射ていたことは、ほどなく明らかになった。

龍潤皇子の廃太子は、病気がちであることが知られていたこともあってわりあいすんなり通った。

反対意見がまったく出なかったわけではないが、故皇后の実家である楚娥家には政治的な力があまりない。古くからの名望家ではあるものの、もともと学者の家柄なのだ。

だが、飛英皇子が新皇太子に冊立されることには、朝堂の大多数が難色を示した。

その筆頭は、玄兎の推測どおり宋貴妃の父親だった。

宋丞相《じょうしょう》（皇帝の筆頭補佐官）としては当然、自分の孫——娘の産んだ第三皇子を玉座に就けたい。首尾よく第三皇子が皇太子になれれば、母親の宋貴妃が皇后に冊立される可能性も高まる。

皇后を置くのは必須ではなく、楚娥皇后の没後は空位のままだ。

現在、皇后位に最も近いのは、四妃の筆頭である貴妃に封じられている宋氏である。

しかし、文武百官が全員宋丞相に与《くみ》しているわけでは当然なく、飛英皇子の立太子に賛成する高官もいるにはいた。

今上帝と現皇太子だけでなく、晩霞長公主とその夫である護国大将軍もまた、皇帝の考えに従って飛英皇子を支持することを表明している。

ということはつまり軍部が味方についているということで、ざっくり言えば文官と武官がそれぞれの皇太子候補を担いで睨み合うような状況になってしまった。

それは凌雲国にとって好ましいことではなく、皇帝も頭を悩ませている。

当初は固辞していた玄兎も、皇城の政治状況を鑑《かんが》みるに自分が辞退すれば万事丸く収まるものではないと理解し、ますます悩ましくなってしまった。

瓊花としては、玄兎に皇帝になってほしくないというのが正直なところだ。

しかしそれは自分勝手な考えにすぎず、凌雲国の民のことを考えれば玄兎が皇帝になることが望ましいのでは……？

政治に関して詳しいわけではないが、宋丞相が皇太子の外祖父となれば、ますますすり寄る者が増え、過度に権力が集中しそうだ。

宋丞相は政治家として大変有能ではあるものの、野心もまた相当らしい。そんな人物に歯止めがなくなったらどうなるか。考えただけでも厭な予感しかしない。

皇帝としても宋丞相の政治手腕は買っているので、暴走しないよううまく手綱を取りたいのである。

玄兎が皇太子になっても、彼の提言に丞相がなんでもかんでも反対すれば政治が混乱してしまう。

そんなわけで玄兎も瓊花も宮城の滞在を楽しむどころではないのだった。

そんなある日、玄兎が皇帝に召しだされて太極殿（正殿）へ行っているとき、皇太子から使いが来た。

一緒にお茶でもどうかとのお誘いに、すぐに瓊花は秋冥を従えて東宮御殿に向かった。

皇太子は愛想よく瓊花を迎えた。

体調がよさそうなことに安堵し、南部の特産品という銘茶をいただきながらしばし雑談をする。

ふと会話が途切れると、玉を削った茶碗をゆるくもてあそびながら皇太子は呟いた。

「……ずっと考えていたんだ」

「何をですか？」

「玄兎に太子位を譲ろうと」

幼名で弟を呼び、皇太子は微笑んだ。瓊花はとまどって彼を見返した。

「お倒れになって決意されたのでは？」

「決心がついたのは、そうだ。だが、ずっと前から考えていたんだよ。成人する前から。はっきりと意識したのは皇太子に冊立された瞬間……だったかな」

驚いて瓊花はまじまじと見つめてしまう。皇太子は苦笑した。

「どうしてですか？　この国の皇帝になれるのに……」

中原の三鼎国と言われてはいても、国力・軍事力において凌雲国が頭ひとつ抜きん出ていることは他の国々も認めざるをえない事実だ。

凌雲国の動向は他国に多大な影響を及ぼす。

華月国の現皇帝――瓊花の伯父が未だ諸国から認められていないのは、即位式を行なっていないことはもとより、凌雲国の皇帝が『皇帝ではなく執権と見做す』と公言しているからに他ならない。

瓊花の怪訝そうな問いに、皇太子はさばさばと笑った。

「もちろん、玄兎のほうが向いてるからさ。玄兎には為政者としての器量がある。度量も大きい。それは人の上に立つには必要不可欠なものだ」

「殿下にそれが欠けているとは、全然思えません」

皇太子はにっこりした。

「ありがとう。まぁ、自分でもそう捨てたものでもないとは思ってるよ。だが、私は体力がないし、腕力もない。おまけに声も小さい」

「声の大きさは関係ないのでは」

「いや、ある」

真剣な顔で皇太子は身を乗り出した。

「朝堂が紛糾した場合など、皇帝が鶴の一声で黙らせることも時には必要だ。玄兎の声はよく通る。号令にも威厳があると思わないか?」

調練を見学したときのことを思い出し、そうですねと瓊花は頷いた。

「言っておくが、別に声が大きいから玄兎を推しているわけではない」

「地声は普通です」

念のため申し上げると、皇太子はうんと頷いた。

「しかしね、体力がないというのはやはり致命的だよ。皇帝は激務だ。臣下に補佐させるのは当然としても、任せすぎれば増長して勝手なことをやり出しかねない。宋丞相は、まず間違いなくそうなるね。有能である以上に驕慢《きょうまん》だ。上に立つ者にはうまく彼の手綱を取る力が必要になるが、残念ながら私にはちょっと難しい。押しが弱いとナメられてる」

「罰を与えればいかがですか。紅蓮郡主みたいに、棒叩き三百回のち追放！　とか」

「紅蓮はそんなこと言ったのか？　へぇ、それは意外だ」

皇太子はおもしろそうに笑って顎を撫でた。

「しかし、そんなふうに権力を振りかざすのは、ちょっとね。恐怖政治を敷きたいわけじゃないし、刑罰を恐れて諫言《かんげん》するものがいなくなっては困るよ」

それもそうだ。

「その点、玄兎はびしっと一喝できるし、睨みも利く。彼が皇帝になって私が補佐するのが一番うまく回ると思うんだ」

「逆ではだめなんですか？」

「それだと玄兎が悪口を言われるよ。陰で皇帝を操ってるとかなんとか。玄兎はそういう悪口にはがまんできない。私のことを、ちょっと過剰なほど尊敬してくれてるからね」

いちいち納得できてしまって困る。

「……わたしは賛成も反対もしません。玄兎が決意したことを受け入れます。それではだめですか？」

皇太子は目を細めた。

「うん。いいよ。正直、いちばん心配なのはきみの反対なんだ。きみに尽くすことが玄兎にとって最優先だから、皇帝になんかならないで、ときみにだだを捏ねられると――失礼――非常に困る」

「だだを捏ねたりしません」

内心を見透かされたようで、ひやりとしながら言い返す。

この皇太子、人当たりはやわらかいのに、どうも一筋縄ではいかないような……。

「まぁ、その辺りはあまり心配しなくていいと思うよ」

思わせぶりなことを言われてますます不審がつのる。

「……あの。いっそのこと玄兎のほうが強面《こわもて》で声が大きいから皇帝向きだ、とはっきり言ったほうが『そうか！』と納得してもらえる気がするんですが」

皇太子は目を丸くしたかと思うと、盛大に噴き出した。笑いすぎて噎せ始めたので、慌てて瓊花は彼の背をさすった。

「き、きみ、おもしろいなっ……ゴホ！」

「だって、玄兎の性分からしてそうじゃないかと思うんですよ！　いい意味で単純なところがあるし、殿下のことを本当に、ものすごく尊敬してるから……」

「だがそれだと玄兎は私の代弁者として帝位に就くものと理解してしまうだろう。それでは困る。彼にはちゃんと皇帝になってほしいからね」

お茶で喉を湿して皇太子はにっこりした。

ますます食えない人だという思いが強くなる。皇太子は何がなんでも玄兎を新しい皇太子にするつもりのようだ。

こうして話したのも、邪魔するんじゃないぞと暗に釘を刺されたのかもしれなかった。

清々しい顔の皇太子の元を、いまひとつすっきりしないまま辞した瓊花は、会談内容をつらつら思い返しながら滞在中の殿舎へ引き返した。

輿《こし》を用意されたが、少し歩きたいから、と断る。宮城は広大だが宿舎は同じ東宮敷地内にあるので、散歩にはちょうどいい。

（皇太子殿下が本気で太子位を玄兎に譲りたがっているのはわかったけど……）

かといって裏で玄兎を操ろうというわけでもない。食えない人物だとしても、そんな陰険さとは無縁な気がする。

むしろ、玄兎を皇太子に据えて自分が教師役となり、思う存分ビシビシ鍛えまくってやるぞと意気込んでいるというか、ウキウキわくわくしてるというか……？

何故だかぞわっとして、瓊花は思わず二の腕をさすった。

「寒いのですか、お嬢さま？」

心配そうに秋冥が尋ねる。

「ううん、なんでもないわ」

「秋もだいぶ深まりましたから、外套《がいとう》を出しておきますね」

殿舎に帰り着き、歩廊を進んでいくと院子《なかにわ》の木陰に人影が見えた。何気なく目を向ければ玄兎と丁良だ。

丁良は紅蓮の侍衛として宮城に滞在しているが、殿舎があるのは東宮ではない。ということは、わざわざ出向いて来た……？

(何を話してるのかしら)

額を付き合わせるようにして話し込んでいるふたりに興味をそそられ、立ち止まって眺めていると、いきなり背中を勢いよく押されてつんのめりそうになった。

「やーっと見つけた！」

「こ、紅蓮さま……⁉」

勝気そうに顎を反らし、両手を腰にあてて郡主が立っている。

「宮城に滞在してるっていうのにいつまで経っても訪ねて来ないから、こっちから来てあげたわよ」

「あ……すみません」

相変わらずの上から目線にもすでに慣れ、自然と下手に出る。そういう性格で悪気はないのだから気にしないのが一番だ。

「街でお菓子を買ってきたの。人気の胡麻餅《ごま》よ」

「輔興坊《ほこう》のお店ですか？」

「もっちろん」

紅蓮は自慢げな鼻息をつき、ぐいぐい瓊花を引っ張った。

騒ぎに気付いて玄兎と丁良がこちらを見ている。丁良は瓊花たちに抱拳して一礼した。

「殿下も一緒に召し上がる？」

問われた玄兎はかぶりを振った。

「丁良に付き合ってもらって稽古するよ。どうぞごゆっくり」

玄兎は瓊花に笑いかけ、丁良を促して歩いていった。

さっきの真剣な顔つきが気になって見送っていると、何してるのよと紅蓮に腕を引っ張られる。

名物の胡麻餅をつまみながらお喋りしたが、ほぼ一方的に紅蓮が喋るのを拝聴する恰好で、話題は主に惚気である。

紅蓮は『丁良は誰より恰好いい』と言って回りたくてたまらないのだが、誰にでも惚気るわけにはいかない。

相愛になったとはいえ、未だ丁良は郡主の護衛であり、つまりは使用人だ。

使用人にぞっこんになっているなどと知られたら、同じような身分の令嬢から呆れられる。馬鹿にされ、爪はじきにされてしまうだろう。

かといって尊い推しを褒め讃《たた》え、熱く語らずにはいられないのが乙女心！　――と目をキラキラさせ鼻息荒く郡主はのたまった。

となれば思う存分惚気られる相手は瓊花だけである。

その瓊花が夫とともに宮城に滞在することになったというので、手ぐすね引いて待ち構えていたのに、一向に挨拶に来ないから業を煮やしてこっちから来てやったのよ（感謝しなさい）、というのが紅蓮の言い分だ。

抗議しても疲れるだけなので、ハイハイと承っているうちに日が暮れてしまった。

ぐったりと卓子《テーブル》につっぷしていると、お疲れさま……としみじみ気の毒そうに玄兎が頭を撫でた。

「紅蓮さまってあんなに暑苦しい人だった……？」

げんなりと瓊花は呻いた。

最初に現れたときは取り澄ましてツンケンしていたのが今や完全に別人だ。

「あれが素だったんじゃないか。始めは気取ってただけで」

胡麻餅の残りをひとつ口に放り込み、玄兎は熱いお茶を注いで瓊花に勧めた。

お茶を啜って溜め息をつく。

「わたしだって玄兎が好きなことにかけては人後に落ちない自信あるけど、あんなふうに惚気たいとはあんまり思わないのよね……」

「ま、人それぞれだからな」

玄兎はニヤリとして胡麻餅を摘まみ、瓊花の口に押し込んだ。赤くなってむぐむぐ咀嚼《そしゃく》する。

「俺も瓊花が好きなことにかけては世界一だと自負してるぞ。そのとめどない愛らしさ、惚れ惚れする美しさ、驚嘆すべき賢さを世界中に啓蒙《けいもう》して回りたいのはやまやまだが、それで瓊花が狙われたりしたらまずいので、我慢して黙っているのだ」

しかつめらしく言いながら、玄兎は腕組みしてうんうん頷いている。

買いかぶりにもほどがあると、照れくささを通り越して恥ずかしい。永遠に黙っていていただきたい。

「丁良だって、あんなべたぼめされたら照れくさいでしょうにね」

「いや、本人の前では言ってないそうだぞ」

「そうなの⁉」

「むしろツンツンしてるそうだ。照れ隠しだろうが、そこがかわいいと顔を赤らめたからまんざらでもないのだろう」

似た者夫婦か……と瓊花は溜め息をついた。

「ところで、さっき丁良と何を話してたの？」

「稽古に付き合ってもらっただけだが」

「その前に何か話してたでしょ。ずいぶん真剣な顔で」

玄兎は黙ってお茶を飲み、じっと瓊花を見つめた。

「な、何よ」

「いや、かわいいなぁと思って」

「ごまかさないで！」

「ごまかしてない。時期が来たらちゃんと教える」

「隠し事は厭」

「隠してるわけじゃない」

真剣な顔になって玄兎は瓊花の手を取った。

「きみに伝えなければならないことが、確かにある。だが今はその時じゃない。もう少し待ってくれないか」

「……わかったわ」

本当は無理にでも聞き出したかったが、玄兎がそう言うからには理由があるはず。

「その代わり、他のご要望には従うよ。何か俺にしてほしいことは？」

甘やかすように問われ、頬を染めて上目遣いになった。

「……抱っこして」

言ってしまってから幼児みたいなことをと恥ずかしくなったが、玄兎はにっこりと満面の笑みを浮かべた。

「お安いご用だ、かわいい夫人《おくさま》」

彼は瓊花を抱き上げ、榻《ながいす》に腰を下ろした。ぎゅううっと抱きしめられ、頬擦《ほおず》りしながら背中を撫でられると嬉しくてたまらない。

瓊花は彼に抱きつき、彼の香りとぬくもりを思う存分堪能した。

独占欲が目一杯満たされて、幸福感に包まれる。

身体を繋げたときと同じくらい、満たされた気分だった。

こうして日々心の繋がりを実感できることが、瓊花にとって何より大切で、幸せなことなのだ。

日々は進み、秋の行事である重陽節となった。一年の恵みに感謝するもので、九月九日は最も陽の気が強い数である九が重なることからそう呼ばれる。

菊の節句とも言われ、菊を酒に浸した菊酒を酌み交わすのが習わしだ。菊花には長命の効用があるとされている。

その夜、宮中では宴が催された。皇太子龍潤の容態が回復する一方、飛英皇子を新たな皇太子として冊立するという皇帝の強い意向に朝堂も従い始めている。

宋丞相は飛英の生母の身分が低いことを持ち出してさんざんあげつらった。

これまでの功績に免じて皇帝は黙っていたが、それをいいことに調子に乗りすぎ、ついには皇帝の堪忍袋の緒が切れた。

身分以外に第三皇子に皇太子たる美点があるのか、あるなら申してみよと一喝され、丞相はしどろもどろになった。

まだ二歳におわしますのでなんとも……と口ごもって周囲を窺うと、彼に味方していた高官たちは全員顔を伏せて目を合わせようともしない。

皇帝は、飛英皇子を新たに立太子すると強い口調できっぱり宣言した。

ついでに、宋丞相には呼ぶまで参内無用と冷ややかに申しつけ、龍袍の裾をひるがえしてさっさと退場してしまった。

宋丞相はがくりと膝を落とし、魂が抜けたような顔つきで空の玉座を見上げた。その間に他の高官たちはそそくさと出ていってしまう。

しんと静まり返った朝堂で、いつまでも丞相は放心していた。


かくして飛英皇子の冊立がほぼ確定し、あとは立太子式のための吉日を選定するところまで漕《こ》ぎ着けた。

そんなときに重陽節が巡ってきて、宮廷では宴が開かれた。龍潤皇子の快気祝いと飛英皇子の立太子内定の祝も兼ねてのことだ。

広々とした御殿の広間には、玉座の皇帝と皇族たち、甃《いしだたみ》の院子《なかにわ》には高官と群臣たちの席がずらりと並ぶ。

皇帝の隣には宋貴妃が鎮座し、背後では第三皇子が乳母に抱かれてうとうとしている。他の妃嬪や公主たちも顔を揃《そろ》えていた。

第一皇子龍潤の後ろに側室二名が並び、飛英と瓊花の第二皇子夫妻。さらに晩霞長公主と夫の大将軍が続く。紅蓮郡主は龍潤皇子の隣だ。

丁良と並んで座れないのが残念らしく、紅蓮はかたわらをちらりと見ては切なげな溜め息を洩らしていた。

姿は見えないものの、丁良は側仕えの一員として陰に控えているものと思われる。

皇帝の音頭で全員が菊花酒を飲み干し、宴が始まった。

華やかな舞妓たちが興を添える中、趣向をこらした膳が次々に供される。

ご馳走《ちそう》に舌鼓を打ち、演《だ》し物に笑顔で拍手を送りつつ、瓊花は内心複雑だった。

玄兎が新皇太子に内定したことで状況が安定すればもちろん喜ばしい。

公式発表はまだだが、すでに玄兎のもとに挨拶に訪れる高官の数が目に見えて増え、それにつれて瓊花のところにも権門夫人たちがご機嫌伺いに来るようになった。

瓊花にはそれが憂鬱で仕方がない。紅蓮郡主にも、皇太子妃になれるのに浮かない顔ねと首を傾げられてしまい、どうにか笑顔で取り繕った。

玄兎が皇帝になるのが凌雲国にとってよいことなのは間違いない。兄の龍潤が補佐してくれるのだし、きっと良い君主になるだろう。

皇后として彼を支えることも厭ではない。責任重大でもその覚悟はあるつもりだ。ただ……どうしても母国のことが気になって仕方がなかった。

このところ玄兎は立太子の件で様々な事項の調節に忙殺されている。伯父の件はどうなっているのか聞きたくても、やはり遠慮してしまう。

不満を感じる一方、そんな自分を勝手だと責める気持ちもあって、どうにも悩ましい。

玄兎は十一年にもわたって諦めることなく瓊花を探し続けてくれた。正式に婚約していたわけではなかったのに。

父帝の死の真相も必ず解明すると約束してくれた。その言葉を信じているし、彼が約束を忘れたとも思わない。今はただ、忙しいだけなのだ。

でも……と不満を感じてしまう自分がいる。不満そのものよりも、不満を感じる自分を責める気持ちのほうが強くて、なんだかひどく疲れる。

自然と食欲も落ち、宴のご馳走も、すごく美味しいとは思いつつ、ほんの一口か二口で食べる気が失《う》せてしまった。

そんな様子に気づき、玄兎が顔を寄せて囁いた。

「食が進まないようだな。疲れたか？」

瓊花は強いて笑顔を作り、かぶりを振った。

「大丈夫よ。演し物に見とれてただけ」

箸を取ろうとした瓊花の手を、そっと彼は押さえた。

「無理をするな」

いたわりの声に、急に何かが込み上げ、鼻の奥がツンと痛くなる。反射的にうつむくと、玄兎はその背を撫でながら後ろに控えていた秋冥を顧みた。

異変に気付いた秋冥が急いで飛んでくる。

「気分が悪いようだ。殿舎へ連れ帰ってくれ。父上に挨拶したら俺もすぐに戻る」

「かしこまりました。――さ、お嬢さま。わたしに摑まって」

黙って頷き、瓊花は秋冥に支えられて席を立った。周囲の人々が訝しげな目を向ける中、急いで玄兎は玉座へ向かった。


殿舎へ戻ると秋冥の勧めで化粧を落とし、装飾品もすべて外して楽な衣裳《いしょう》に着替えた。濃いめのお茶をちびちび啜っていると玄兎が戻ってきた。

「大丈夫か？」

頷いて秋冥に目配せし、下がらせる。玄兎は隣に座ると瓊花の手を握った。

「すまない」

いきなり謝られ、目を丸くする。

「えっ、何……」

「このところ、忙しさにかまけて話をしてなかった」

「話してたわよ」

「いや、ちゃんと話してなかった」

真剣なまなざしに、ふっと心が軽くなる。瓊花は彼の手を握り返した。

「ごめんなさい」

「なぜ瓊花が謝る？」

「ひとりでぐるぐるしてたの。話したら、あなたを……責めてしまいそうで」

「……故国《くに》のことか」

こくん、と頷く。玄兎は大きな溜め息をつくと、両手で瓊花の手を握りしめた。

「すまない。きちんと話すべきだった。定期的に報告は入ってきてる。良いことも、悪いことも。それらは雑多な情報や伝聞の寄せ集めで、真偽を確かめなければ事実かどうかわからない。確認にはそれなりの時間がかかる。耳寄りな情報が入ってきたと期待したら、次の報告で誤りだと判明してがっかりしたことが何度もある。不確定な情報をそのまま伝えて瓊花を一喜一憂させたくなかったんだ」

真摯に見つめられ、瓊花は頷いた。

「忘れてなければ、それでいいの」

「忘れるわけないだろう！」

玄兎は眉を吊り上げ、身を乗り出した。

「不安にさせて悪かった。ちょっとばかし忙しかったのは確かだが……まさか兄上が太子位を譲ると言い出すなんて、まったく思ってもみなくて」

「ちょっとじゃないでしょ」

思わず噴き出してしまう。いつのまにかもやもやは消えていた。

「気になることがあれば遠慮なく言ってくれ。俺はあまり察しが良くないから、気付かぬこともままあると思う」

「そんなことないわ」

瓊花は彼の手を引き寄せ、頬に押し当てた。

「……力を貸してほしいけど、重荷になりたくない」

「重いものか。瓊花を背負ったまま屋根にだって飛び上がれるぞ」

くすくす笑うと玄兎はいきなりひょいと瓊花を抱き上げて外に飛び出した。

まさか本気⁉　と青ざめるや否や、院子《なかにわ》の甃《いしだたみ》で助走をつけ、回廊の欄干や建物の壁を蹴って本当に屋根に飛び乗ってしまう。

あまりに素早すぎて恐怖を感じる暇もなかった。そっと屋根の天辺に下ろされ、目をぱちくりさせる。

「ああ、いい月だ」

玄兎の呟きに振り仰ぐと、満月の三分の二ほどの大きさの月が晴れた夜空を皓々《こうこう》と照らしていた。彼は瓊花の隣にすとんと腰を下ろした。

「酒も持ってくればよかったな。月を見ながら菊花酒を呑むのも乙じゃないか？　月は欠けてもまた満ちる。不老不死の象徴だ。それを眺めつつ長命の酒を飲めば、共白髪は間違いない」

笑って瓊花は玄兎にもたれた。

「こうしてるだけで寿命が延びる気がするわ」

ああ、と玄兎が優しく肩を抱く。

「……ずっと側にいたいの。何がどうなっても、それだけは叶《かな》えたい」

「叶えよう。必ず」

力強く玄兎が言い切る。月明かりを浴びながら唇を重ね、こつりと額を合わせ、互いの指を絡ませて祈るように目を閉じた。

そこに、下方から困り果てた秋冥の声が聞こえてくる。

「お嬢さまぁ。殿下ぁ。どこにいらっしゃるんですかぁ？　差し入れが届いたんですけど、どうしたらいいですかぁ？」

まさか屋根の上にいるとは思わず、回廊をうろうろと行ったり来たりしている。ふたりは目を見合わせ、ぷっと噴き出した。

階を下り、院子《なかにわ》を見回して溜め息をついた秋冥は、いきなり瓊花を横抱きした玄兎が目の前に降ってきたので仰天した。

「はぇ!?　どっ、どこから……!?」

「屋根の上でお月見してたの」

「はぁ。満月は過ぎましたけど」

不得要領な顔で首を傾げる秋冥に笑いかける。

「差し入れって、どなたから？」

「あ。紅蓮郡主です。お嬢さまが途中で宴を退出されたので、お加減がよくないのかと。女子の不調に効果がある薬膳粥と羹《あつもの》を作らせたとか」

「無理して食べることはないぞ」

「胸のモヤモヤがすっきりしたら、なんだかお腹が減ってきたわ」

我ながら現金なものだと苦笑しながら卓子《テーブル》に着く。秋冥が二段になった竹のおかもちから料理を取り出して並べた。

さっぱりした梅粥と、鶏肉《とりにく》と里芋の羹を、それぞれ半分ずついただく。

果物煮もあった。棗《なつめ》と梨、無花果《いちじく》、葡萄《ぶどう》を甘く煮込んで冷ましたものだ。どれも好きな果物なので、ぺろりと平らげてしまう。

心の鬱屈も解消され、お腹も満たされて、瓊花はいい気分で床に就いた。


真夜中、奇妙な胸苦しさで目を覚ました。激しい動悸《どうき》に夜着の胸元を掴む。

（ど……したのかしら……？）

背中に冷や汗が浮かび、横になっているにもかかわらず眩暈がした。心臓が締めつけられるように苦しくなり、身体を丸めてきつく唇を噛む。耳の奥で鼓動が銅鑼《どら》のように鳴り響いた。

懸命に苦痛を押し殺していたが、せわしなく身じろぎする気配を察したのか、隣で眠っていた玄兎が起き上がった。

「瓊花？　……おい、どうした？」

「く……苦し……」

胸を押さえて漸《ようよ》う呻くと、玄兎は衾《ふとん》を払いのけながら怒鳴った。

「おい、誰か！　すぐに太医を呼べ！　──瓊花、しっかりしろ！」

懸命に呼びかけながら戸口に向かって声を張り上げていると、宿直《とのい》の武官が血相を変えて駆けつけた。

続いて現れた炎颷は状況を見てとるや、医者を呼ぶべく房室《へや》を飛び出していく。

寝所からぼさぼさ髪のまま駆けつけた秋冥は、苦悶《くもん》する瓊花の姿に泣きそうな顔でおろおろした。

「とにかく水を。井戸から汲《く》んでこい」

玄兎に言われ、秋冥は水差しを引っ摑んで駆け出していった。

汲みたての冷たい井戸水を懸命に飲み下していると、炎颷に引きずられるようにして太医が駆けつけた。

医師は瓊花の脈を取り、瞼《まぶた》を引っ張って粘膜を調べたり、口内を覗き込んだりした。

「毒を盛られたようです。とにかくすぐに吐かせないと」

医師の指示で真鍮《しんちゅう》の盥《たらい》が運び込まれ、瓊花は濃い塩水を飲まされて胃が空っぽになるまで嘔吐《おうと》させられた。

苦しさのあまり涙が止まらず、頭はガンガンしっぱなしだ。

太医は助手に命じてただちに薬湯を用意させた。玄兎が瓊花の身体を支え、秋冥が薬湯を冷ましながら少しずつ匙《さじ》で飲ませる。

薬湯を飲み終えると、玄兎は慎重に瓊花を寝かせた。衾をかけ、握った手を優しく撫でさする。

瓊花はぐったりと横たわって弱々しい吐息を洩らした。

「気分はどうだ？」

答える力が出ず、かすかに頷く。胸苦しさはだいぶ楽になった。

「ゆっくり休め。側にいるから安心しろ」

ふたたび頷いて、瓊花は力なく目を閉じた。


翌朝、皇帝と龍潤皇子が連れ立って見舞いに訪れた。朦朧としながら起き上がろうともがくと、そのままでいいと慌てて制止される。

玄兎と兄皇子、皇帝の三人は長いことひそひそと話し込んでいた。途中で瓊花は意識を失ってしまい、目覚めると側には玄兎だけがいた。

「気分はどう?」

「だいぶいいわ」

さっきと違って、かすれ声だが答えることができた。

「わたし、どうしたの……?」

「毒を盛られたらしい」

厳しい声音に、重く瞬きをする。急に心配になってすがるように玄兎を見た。

「あなたは?」

「大丈夫。太医の診察を受けたが、なんともない」

「よかった……」

ホッとすると、玄兎は悔しげに顔をゆがめた。

「なんできみだけ当たるんだ? 昨夜の宴から、同じものしか飲み食いしてないのに」

「あなたに当たらなくてよかったわ。近々皇太子になろうという人が毒に当たったりしたら大問題だもの……」

「未来の皇太子妃に毒が盛られるのも大問題だろ」

玄兎は憤然とする。

「俺が当たればよかったのに。俺のほうがずっと体力があるから軽症で済んだはずだ」

「そんなのわからないでしょ。でも、確かに変ね。何に毒が入ってたのかしら……」

昨夜食べたものをひとつひとつ思い浮かべる。お粥《かゆ》と鶏肉の羹は玄兎も味見した。でも、彼はなんともない。

「――あ」

ふたり同時に声を上げた。

「果実の煮物だ（わ）」

相互に指さして頷きあう。昨夜最後に食べた、秋の果実の蜂蜜煮だ。入っていたのは棗、梨、無花果、葡萄。

玄兎は無花果が好きではないので食べなかった。

「夜食の残りは取ってある。今頃、太医局でも調査しているはずだ」

しばらくして、果物の蜂蜜煮に毒物が混入していたと報告が入った。

使われた薬は附子《ぶし》とのこと。

附子は身体をあたためて冷えをとり、頭痛や関節痛、神経痛、生理痛にも効果があるとされるが、過剰に服用すれば動悸や逆上《のぼ》せ、下痢などの副作用が出る。

というのも、附子は元をただせばすべての部位に猛毒を含み、そのまま食べれば確実に死ぬという恐ろしい毒草なのだ。

生薬としては子根《しこん》（母根から分かれて生える細い根の部分）を乾燥させ、毒を抜いたものを使うのだが、それでも副作用はある。

果実の蜂蜜煮には、この生薬が多量に混ぜられていた。瓊花は果物は全部食べたが煮汁はほとんど残した。

もしも全部飲んでいたら命に関わっていたかもしれないと言われ、今更ながらゾッとする。

犯人として、夜食を差し入れた紅蓮郡主が捕まり、現在取り調べ中だ。本人は頑として否定しており、瓊花も紅蓮が犯人とは思えない。

彼女が飛英皇子の正室にしてほしいと騒いだことは宮中に知れわたっており、願いが叶わなかった腹いせに瓊花に毒を盛ったに違いないと噂《うわさ》されている。

それに真実味《しんじつみ》を感じる人間は少なからずいるはずだ。

彼女の真意を知らない者からは、確かにそのように見えるだろう。

しかし紅蓮には真実を明かすことができない。

本当に好きなのは丁良で、彼の気を惹きたい一心で飛英皇子に近づいたと明かしても、信じてもらえるかどうかはわからないし、信じてもらえたとしても身分違いだと一蹴され、丁良が追放されてしまうかもしれない。

それを考えると言いたくても言えず、紅蓮はそもそも夜食など差し入れていないと言い張ることしかできなかった。

秋冥によれば、夜食の入ったおかもちを持ってきたのは女官のお仕着せ姿の女で、見たことのない顔だったという。

紅蓮が霓州から伴ってきた侍女たちなら秋冥も見覚えているが、宮廷滞在中はたくさんの女官が配属される。

それは瓊花が暮らす殿舎でも同様だ。下位の端女《はしため》だと顔を合わせることすらないので、とても全員の顔は覚えきれない。

よって、見覚えがなくても特に不審に思わなかった。態度におかしなところは見られなかったし、服装や髪形も規則どおりだったからだ。

数日休養を取った後、瓊花は一旦宮城を出て翼王府で養生することになった。

紅蓮のことは気になるが、殿舎に軟禁されてはいるものの拷問されたりはしていないと玄兎が保証してくれた。

宮中にいるより気が楽だろうと言われれば、確かにそのとおりだ。紅蓮との面会は許されなかったので、犯人とは思っていないと伝えてほしいと頼んだ。

玄兎は宮中に残るが、邸まで送ると馬車を用意させた。

東宮から鳳凰門《ほうおう》を出て、顕官の邸が軒を連ねる高級住宅街を通り抜ける。

翼王府は京師《みやこ》を取り巻く城壁に近い興寧坊の南東にあり、通化門のすぐ近くだ。広大な邸宅は坊里の四分の一を占める。

翼州は西にあるので、領地に下るときは京師を横断しなければならないのだが、この邸は瓊花の実家に近い。

また、京師を潤す用水路のひとつが邸の敷地の角を貫いているため、流れを利用して風情ある園池が作られており、その風景を瓊花はとても気に入っていた。

領地にはそう頻繁に下るわけではないし、東宮からも近いので、まだ本調子でない瓊花には移動に長くかからなくて助かる。

すでに玄兎は兄と政務を分担しているため、用事を済ませているうちに宮城を出るのがかなり遅くなってしまった。

秋が深まるにつれて日暮れも早まり、鳳凰門を出るころには暮色が濃くなっていた。急がないと日没時間を過ぎてしまう。

京師《みやこ》では日没から日の出まで基本的に居住地の坊里から出てはならないことになっている。日没とともに太鼓が鳴り響き、坊里の東西南北の門が閉ざされるのだ。

それからは夜警が巡回するのみで、許可なく坊里外を出歩いた者は捕らえられて杖刑《じょうけい》二十回に処される。

皇族である玄兎が自宅から宮城へ向かう分には問題ないと思われるが、庶民の模範たるべき皇族としては慎まねばならない。

炎颷と護衛頭の武官が馬車の前後を騎馬で守り、徒歩の侍衛たちが馬車に付き添う。

大通りから北門に入り、邸に向かって進んでいると、突如として無数の矢襖《やぶすま》が馬車を襲った。

鋭い風切り音を耳にすると同時に玄兎が瓊花を馬車の床に押し倒して覆《おお》い被《かぶ》さる。

窓覆いを貫通した矢がドスドスと何本も馬車の内壁に突き刺さった。

「なっ……何……⁉」

「伏せてろ」

低声で鋭く言って、玄兎は裂けた窓覆いをそろりとめくった。

外ではすでに乱闘が始まっていた。

どこから湧いて出たのか、黒装束の連中が警備兵たちと剣を交えている。

刃のぶつかり合う鋭い音に、瓊花は竦《すく》み上がった。

「飛英皇子を殺せ！」

賊が大音声で怒鳴る。

「狙いは俺か」

玄兎は呟き、剣を握って身を起こした。

「ちょ……玄兎⁉　狙われているのはあなたなのよ⁉」

「だったらなおのこと、俺がここにいると危ない」

事も無げに言って入り口の御簾《みす》を撥ね上げる。馭者の姿はなかった。陰に隠れて震えていた秋冥を引っ張り上げ、馬車に押し込む。

ふたたび飛来した矢を抜き放った剣で薙ぎ払い、駆けつけた衛兵に玄兎は命じた。

「馬車を王府へ。瓊花を邸に入れたら門を閉ざし、俺が行くまで誰も入れるな」

「はっ」

衛兵はきびきびと抱拳礼をし、玄兎と入れ代わりに馬車に飛び乗った。

「玄兎！」

入り口にしがみついて叫ぶ。彼は向かってきた黒装束を一撃で倒し、振り向きざまに怒鳴った。

「早く行け！」

衛兵が鞭《むち》を鳴らすと、怯《おび》えてたたらを踏んでいた馬は遮二無二走り出した。

その勢いで瓊花は車内に転がり込んでしまう。

「お嬢さま！」

急いで秋冥が抱き起こす。

馬車は猛然と路地を走り抜けた。

転がった拍子に奥の座席にぶつかって目を回した瓊花は、ガタガタ揺れ続ける馬車の中で秋冥にすがってどうにかこうにか身体を起こした。

とても立っては歩けず、這っていって御簾の隙間から外を覗く。衛兵は絶え間なく手綱を振るって馬を駆り立てていた。

この速度なら、すぐに邸に着くはずだ。

玄兎のことは心配だが、あの場に残っても足手まといになるだけ――。

彼にとっての安心は、自分にとって心配。

悔しいけれど、それはもう割り切るしかない。

はずみで外に転がり出ないよう瓊花は秋冥と手を取り合い、奥で身体を縮めた。

第九章　暴かれる真相

ほどなく異変に気付いた。

おかしい。もうとっくに邸に着いていいはずなのに、馬車はまだ走り続けている。

よろよろと身を起こして窓から外を覗き、瓊花は唖然とした。

「えっ……なんで……!?」

窓辺に並んだ秋冥が悲鳴を上げる。

「外ですよ、お嬢さま！　城壁の外に出ちゃってます！」

いつのまにか馬車は通化門を抜け、京師《みやこ》の外に走り出ていた。焦った瓊花は入り口の御簾を押しやりながら叫んだ。

「ちょっと、何してるの!?　どうして城外に出たりするのよ!?」

馬車を操る兵士は答えるどころか振り向きもしない。

急速に疑惑がふくらんだ。

兵士が身にまとっているのは皇族警護を担当する衛士の軍装だ。白銀の兜からは白い房が長く垂れている。

恰好は間違いなく近衛兵《このえへい》のものだが、本当にそうなのか……？

「止めて！　馬車を止めなさい！」

叫んでも返事はない。代わりのように荒々しく手綱が振るわれ、速度がさらに上がる。

馬はもう泡を吹き、狂乱同然に疾駆していた。

京師《みやこ》を囲む城壁を一歩出れば周囲は平原で、彼方には松林が広がっている。

遥か遠い山並みは暮色に沈みつつあった。

馬車は街道を外れて道なき道をひた走る。小石まじりの地面で馬車は上下左右に派手に揺れた。

こんな状態で飛び下りたら大怪我をするのは間違いない。軽傷で済んだとしても逃げきれるとはとても思えなかった。

「お嬢さま、そんなところにいたら落ちてしまいます」

秋冥に腕を引っ張られ、やむなく瓊花は奥の座席に戻って抱き合うように床にうずくまった。

馬車は平野を駆け抜け、松林に突っ込んだ。薄暗い林の中ではさすがに速度は落ちたが、それでもこっそり飛び下りるのは難しい。

ここまで来れば、こんなことをするのはいったい誰なのかを知りたい気持ちのほうが勝ってもいた。

毒を盛った犯人と関係はあるのか。

同一犯か、別々の企みなのか。

狙いは玄兎？　自分？　それとも両方……？

辺りが宵闇に包まれる頃、ようやく馬車は止まった。

窓から覗けば目の前に二階建ての建物が黒々とそびえている。

客桟《はたご》のようだが門柱にちょうちんも灯《とも》っておらず、周囲も草ぼうぼうだ。とうに廃業したらしい。

「降りろ」

外からくぐもった声が聞こえ、秋冥と顔を見合わせる。

おそるおそる御簾をめくると、いつのまにか偽衛兵の姿はなく、覆面をした黒装束の男たちが馬車を取り巻いていた。

こくりと喉を鳴らし、よろよろ立ち上がって外に出る。

頭目らしき男が剣を突きつけ、顎をしゃくった。

すでに足台が出され、小さなちょうちんがそれを照らしている。おずおずと足を出すと、後ろから出てきた秋冥が支えようと手を伸ばした。

「公主だけだ」

脅すような野太い声に冷や汗が浮かぶ。

声に対する恐ろしさ以上に、その男が瓊花を『公主』と呼んだことにぎょっとした。

(華月国の人間……⁉)

動揺している秋冥は気付かなかったようだが、瓊花をひとりで行かせることをためらい、半端に手を伸ばした状態で固まっている。

瓊花は振り向いて囁いた。

「そこにいて」

「で、でも、お嬢さま……っ」

「馬車の中にいなさい。――この娘は関係ないわ。手を出さないで」

「どうするか決めるのは俺ではない」

頭目は邪険に言い捨てた。

「だったら今は手を出さないほうがいいんじゃない？」

開き直って睨むと頭目は無言で肩をすくめた。

瓊花に促され、秋冥はしぶしぶ馬車の中に引っ込んだ。すぐに窓覆いが動き、隙間からこちらを窺う。

「こっちだ」

頭目が歩き出し、他の黒装束に圧されるように瓊花は進み始めた。生い茂った雑草は一部が踏みしだかれ、獣道のようになっている。

廃屋は賊のアジトとして使われているようで、中は案外きれいだった。正面の広間に高台がしつらえられ、背もたれの高い肘かけ椅子が置かれている。

その椅子に深々と腰を下ろした男が、肘かけにもたれてこちらを見下ろしていた。

針金みたいな貧相な体格の、薄い顎ひげをたくわえた初老の男だ。霜の降り始めた髪を頭頂で引っ詰め、髷に黄金の冠を嵌めている。

着ているのは焦げ茶色の袍で、色合いは地味でも錦の綾織物であることが見て取れた。玉の嵌まった革帯《ベルト》を締め、狩猟用の長靴を履いている。

ひどく痩せているせいか、服の中で身体が泳いでいるような印象だ。

なんとなく、見覚えがあるような気がした。

誰かに似ている気がする。

懐かしい誰か……。

だが、この男から感じられるのは懐かしさではない。

むしろ正反対の――――嫌悪。

男は顎を反らして瓊花を睥睨《へいげい》し、にやりと口許をゆがめた。

「久しいな、瓊花よ」

馴れ馴れしく名を呼ばれてたじろぐ。

背中に冷たい汗が噴き出し、全身に鳥肌が立った。

(誰……!?)

知っている。でも知りたくない。

そんな相反する感情がせめぎ合い、どくどくと鼓動が跳ね回る。

毒に当たったときのことが否応《いやおう》なく思い出され、床が突然消えたような感覚に襲われて瓊花はふらついた。

かろうじて踏みとどまり、眉根に力を込めて高座の男を睨みつける。

男はさらに唇をゆがめ、禍々《まがまが》しい雰囲気がいっそう深まった。

「儂《わし》がわからぬようだのう。無理もない。そなたと会ったのは十年以上前の一度きり。十三……いや、十四年前か? おまえは四つか五つ。母親の長裙にしがみついて、泣きそうな顔で儂を睨んでおった。そう、今のようにな」

ハッと瓊花は息をのんだ。

(まさか……)

「そのとき儂はしみじみ思ったものよ。なんと小憎らしい娘であろうかと」

男の目に、憎悪が燃え上がる。

「……伯父上……?」

「ほ。やっと思い出したか」

嘲り声に続く哄笑《こうしょう》を、瓊花は呆然《ぼうぜん》と聞いていた。

父帝の異母兄、暁慧《ぎょうけい》。父亡き後、華月国の帝位に就くも、御物の青翡翠が失われたため即位式を行なえないまま今日に至っている。

(どうして伯父がここに……?)

玄兎によれば、暁慧は先帝を弑逆した疑いが濃厚だ。

それだけでなく、瓊花の兄で皇太子だった透輝も事故死ではなかった可能性が高い。

それが本当なら、この男は——。

「父上を殺したの?」

考えるより前に詰問が口を突いていた。

一瞬きょとんとした暁慧が、せせら笑うようににんまりする。

「だったらどうする?」

「殺したの!? あなたが!」

「青翡翠はどこだ」

悲鳴じみた問いには答えず、暁慧はふてぶてしく尋ねた。

「教えると思う!?」

「翼王府にも実家にも置いていないことはわかっている。手の者を何度も忍び込ませて探らせたのだから間違いない」

青ざめる瓊花を、暁慧は嗜虐《しぎゃく》的な目つきで眺めた。

「飛英皇子も大したことないな。おまえを娶れたのが嬉しくて鼻の下を伸ばしすぎたか」

カッとなって拳を握りしめる。

留守にしているのをいいことに探り回り、実家にまで侵入するなんて……！

実害がなかったか心配だ。知らせはないが、心配させまいと黙っている可能性もある。

「わざわざ大金を払い、盗みの達人を雇ってやらせたのだぞ。それでも見つからぬということは、おまえが身につけているに違いない。さぁ、出せ。おとなしく渡せば命だけは助けてやる。凌雲国の皇子妃だからな。殺せば何かと面倒だ」

勝手なことをうそぶく伯父を睨みつける。

「持ってないわ」

「裸に剝いて調べてやろうか」

「本当に持っていないのだから、ない袖は触れません」

「……嘘《うそ》ではなさそうだな」

暁慧は顎を撫で、じろじろと瓊花を眺めた。高座の下に控える手下に顎をしゃくる。

「侍女を連れてこい」

「どうするつもり!?」

焦って進み出る瓊花に、暁慧はフンと鼻を鳴らした。

「わざわざ華月国の皇帝たる儂自身でこうして出向いてやったのは、さっさと事を済ませたいからだ。一刻も早く即位式を執り行い、凌雲国と香雪国の皇帝たちに儂が華月国の皇帝であることを認めさせねばならぬ……！」

気が高ぶって箍《たが》が外れたか、暁慧は怒濤《どとう》のごとく喋り出した。

「この十年、血眼になって青翡翠を探した。すべての宮殿を隅から隅まで探しても見つからぬ。皇后と皇太后を脅しても知らないの一点張り。側仕えを拷問しても無駄だった」

ふと幼い姪がいたことを思い出した。もしやあの娘が青翡翠を持っているのでは？

「――わたしを狙ったのは、やっぱりあなただったのね！」

「あのときは単に殺すつもりだった。まさかあの愚弟が年端もいかぬ子どもに御物を託すとは思わなくてな」

暁慧は平然とうそぶき、厭悪《えんお》の目つきで瓊花を睥睨した。

「凌雲国の蕃人なんぞに神聖なる我が王朝の血統を穢《けが》されてたまるか」

「……なんですって？」

「父上は臣下の反対を押し切って凌雲国から皇后を迎えた。本当なら儂の母上が皇后になるべきだったのに。母上は皇后にふさわしい名家の出だ。華月国でも指折りの旧家、貴族中の貴族、皇室よりも由緒正しいくらいの名家の姫だった。それを妃に迎えたにもかかわらず、父上は凌雲国の公主を娶って皇后の座に据えた。側室ならまだしも皇后だぞ!?　ありえぬ……！」

　啞然として瓊花は伯父を眺めた。

（何を言ってるの、この人は……）

「蕃族出の皇后なんぞ認めるものか。真の皇后は母上だ。最初に後宮入りしたのは母上、そして最初に生まれた皇子は儂だ。儂こそが皇帝たるべき人間なのだ！」

　唾を飛ばす勢いで暁慧は怒鳴った。

「……だから父上を殺したの？　凌雲国の血筋だから」

「そうとも！」

　顎を反らし、口端を吊り上げて、暁慧は甲高い笑い声を上げた。

「この革帯で絞め殺してやったのだ」

　そう言いながら身につけた革帯を爪の長い手でバシバシ叩く。

「あの日、輝章《きしょう》めは儂を書斎に呼びつけた」

　先帝の名を呼び捨てにして嘲笑《あざわら》う。

「皇太子の死の真相がわかった、などと勿体《もったい》ぶって切り出しおって」

「まさか兄上もあなたが⁉」

「おお、そうよ。あれもおまえと同じ卑しい血筋、玉座に着く資格などあるわけがない。だから事故を装って死んでもらった。うまく行ったと思ったのに、一緒に始末したはずの宦官小姓が生き延びて密かに宮廷に舞い戻り、輝章めに告げ口しおったのだ！」

憤然と鼻息をつく。

「輝章め、皇帝を僭称《せんしょう》する卑しい蕃人でありながら、高貴なるこの儂を悪《あ》しざまに罵り、皇籍剝奪《はくだつ》のうえ追放するなどとほざきおった。本来なら斬首刑に処すべきところ、兄であることを鑑み……などと世迷《よま》い言《ごと》を言いよる。はっ、貴様に情けを受ける謂《い》われなどないわ！」

目の前に先帝がいるかのように目を憎悪にぎらつかせ、暁慧はわめいた。

そして急にニタリとして革帯を長い爪で叩く。

「……だから死んでもらったのよ。隙をついて後ろから革帯を巻きつけ、力の限り締めつけた。昔から痩せてはいたが、腕力はかなりのものでなぁ。むろん隠していたがね。無用な警戒を招かぬためにも」

「だったらどうして心臓発作ってことになってるの⁉」

「輝章は自殺したからだよ。梁《はり》からぶら下がっているのを発見されたんだ。皇太子の死を嘆き悲しむあまり、発作的に首を吊った。ありえぬことではあるまい？　なにせ透輝はたったひとりの息子だったのだからな」

「でも……革帯で首を絞められたのなら、調べればわかるはずよ！」

「むろん、調査はされたさ。皇兄たる儂の指揮下で、極秘にな」

「……っ」

ニタニタする暁慧を見ればわかる。

この男は調査を指揮するふりをして実際には妨害し、真相に気付いた者をことごとく始末したに違いない。

そうして先帝の死は自害と結論づけられ、体面を慮って病死ということにされたのだ。

「さぁ、これで知りたいことはすべてわかったであろう？」

ふてぶてしく言って、暁慧は顎をしゃくった。

いつのまにか黒装束の男ふたりが秋冥を引っ立ててきていた。

秋冥は猿ぐつわを嚙まされ、後ろ手に縛られている。左右を覆面の男たちに挟まれて棒立ちだ。

瓊花と目が合うと飛び上がり、うーうー唸りながら激しく首を振った。

血相を変えて伯父を睨む。

「秋冥は関係ないわ！」

「おまえの侍女だ。儂には関係なくてもおまえにはある。さて、この侍女が酷《ひど》い目にあっても平気でいられるかな」

「んーんーんーっ」

秋冥が必死にかぶりを振る。

青翡翠のことは知らないはずだが、何か重大なことで脅されているのだと察したのだろう。いっぱいに涙を溜めた目で『だめですっ』と訴える。

（どうしよう……。本当のことを言うべき？）

青翡翠は玄兎――飛英皇子に預けてある、と。

だめだ、今度は玄兎が狙われてしまう。

ハッと思いついて瓊花は高座を見上げた。

「きゅ……宮中よ！　宮中に隠したの！」

宮中なら家捜しできまいと踏んで咄嗟《とっさ》に言い逃れたが、馬鹿にしたように暁慧はせせら笑った。

「ほう。宮中のどこだ？」

「と、東宮よ」

「東宮のどこだ？」

「決まってるでしょ！　わたしたちが滞在してた殿舎よ！」

「ほほーう」

わざとらしく感嘆したような声を上げ、暁慧はおもむろに肘かけ椅子から立ち上がった。

顎ひげをまさぐりながら下りてきて、ぐっと顔を突き出す。

「小賢《こざか》しいまねはやめろ。宮中なら探索できまいと高をくくっているのなら大間違いだぞ。

儂は蕃族など大嫌いだが、それは凌雲国の民にも言えるでなぁ」

「ど、どういう意味……」

「凌雲国の皇族は蕃族由来だが、ほとんどの民は違う。宮廷の高官の中にも皇室に反感を抱く者は当然おる。ないがしろにされたと憤《いきどお》る官吏もな。不満を抱く者どもを取り込むのはさして難しいことではないのだぞ？」

瓊花の脳裏を、皇帝の怒りを買った丞相の顔がよぎる。

「――で、青翡翠は殿舎のどこに置いた？　忘れたとは言わせぬぞ。おまえの言う場所になければ侍女を八つ裂きにし、おまえの爪を一枚ずつ剝いでやる。なぁに、爪はまた生えてくるからたいしたことはない。ちょっとばかし痛いだけだ」

生爪剝がされることを想像しただけで平静ではいられない。

青ざめた瓊花の顔を嗜虐的にとっくり眺め、暁慧は囁いた。

「言え。青翡翠はどこだ」

ぐっと唇を噛む。

どうしよう。適当な場所を言って時間を稼ぐ？　こいつらが調べている間に脱出するか、あるいは玄兎が助けに来てくれるのを待つ？

顔色から逡巡《しゅんじゅん》を読み取ったか、暁慧が嘲笑った。

「でたらめなことを言って時間稼ぎをするつもりか？　だったら本当のことを喋る気にさ

せてやろう。――おい、その侍女の片目をくり抜け」

秋冥が蒼白になって激しく鼻息をつく。

「右ですか、左ですか」

黒装束の片方が平然と尋ねる。覆面越しで声はくぐもっていた。

「どっちでもいい」

投げやりに暁慧は手を振った。

彼に近いほうの黒装束が、おもむろに匕首《あいくち》（鍔《つば》のない短刀）を取り出す。

「やめ……っ」

瓊花が真っ青になって取りすがろうとした瞬間、黒装束はくるりと向きを変え、暁慧の顎下に匕首を突きつけた。

「はぇ？」

きょとんとした暁慧はたちまち背後からがっちりと押さえ込まれ、喉元に匕首を押し当てられていた。

「な……何をするか、貴様!?」

動転する暁慧を尻目に、もうひとりの黒装束が素早く秋冥の手首を縛る縄を切る。

秋冥はもどかしげに猿ぐつわを引き下ろし、諸手《もろて》を上げて瓊花に抱きついた。

「お嬢さまーっ」

「しゅ、秋冥。え……ど、どういうこと……？」

わけがわからず黒装束に目を遣《や》ると、男は覆面を外した。

「玄兎⁉」

はじかれたように彼に飛びつく。

玄兎は苦笑してその背を撫でた。

「待たせたな。怖い目に合わせて悪かった」

「絶対来てくれると信じてた！　思ったよりずっと早かったわ」

「ああ、説明は後でゆっくりとな」

彼は腰に下げていた長剣を抜き放ち、暁慧の鼻先にずいっと突きつけた。

ヒッと悲鳴を上げて暁慧が縮み上がる。

匕首を突きつけていたもうひとりの黒装束が覆面を取った。

「丁良！」

紅蓮郡主の護衛で想い人の彼が、どうしてここに⁉

「あなた、宮城にいるはずじゃ……。紅蓮さまはどうなったの⁉」

「大丈夫、疑いは晴れました」

淡々と答え、ふたたび暁慧に匕首を突きつける。

「聞かせてもらったぞ」

口調が変わると同時に、目つきも今まで以上に鋭く冷酷になる。

ちくりと匕首の先端が皮膚に突き刺さり、小さな赤い玉が浮かんだ。

暁慧は土気色の顔でだらだらと冷や汗を垂らし、硬直している。鼻先に長剣、喉元には匕首。うかつに顔を動かすこともできない。

「き、貴様……何者……⁉」

「おまえに殺された人間だよ」

「なに……っ」

「おまえは私を殺し、父上を殺した。この耳で、しかと聞いたぞ。伯父上」

暁慧のみならず、瓊花もまた彼の言葉に驚愕した。

秋冥はわけがわからずぽかんとし、ひとり玄兎だけが表情を変えない。

（まさか……⁉）

こくっ、と喉が震える。

振り向いた丁良が、言うに言われぬ激情をふくんだまなざしで、ひたと瓊花を見つめた。

「あ……兄上……なの……⁉」

瞬きをひとつして、彼の表情がふわりとやわらぐ。

「瓊花」

囁いた声は聞き覚えのある丁良の声だ。

今度はそこに、十一年前最後に聞いた十四歳の兄の声の響きを、確かに瓊花は感じ取っていた。

彼が匕首を収め、腕を広げる。

「兄上！　生きてたのね……！」

丁良――いや、兄の透輝に飛びつき、ぎゅっと抱きしめて瓊花は涙にくれた。

「隠しててごめんよ。いろいろあって、すぐには言えなかった」

泣きむせびながら、瓊花は何度も頷いた。

透輝にぎゅうぎゅう抱きつく瓊花の姿を見て、玄兎がちょっとだけねたましげな顔になる。

彼は暁慧をぐるぐる巻きに縛り上げると、蹴飛ばしそうな勢いで荒っぽく追い立てた。

死んだはずの透輝がいきなり現れ、まったく予想もしていなかった衝撃に打ちのめされた暁慧は、魂が抜けたごとき虚《うつ》ろな表情だ。

外に出るといつのまにやら廃屋の周囲はたくさんのちょうちんで皓々と照らされ、羽林軍（近衛軍）の兵士たちでいっぱいだった。

暁慧の手下はすでに全員捕縛され、縛り上げられた暁慧ともども丸太を組み合わせた囚人護送車に乗せられて運ばれていった。

瓊花は用意された馬車に秋冥とともに乗り込んだ。玄兎と透輝は馬に跨がり、大勢の近衛兵に厳重に警備されて一行は翼王府へ戻った。

ことの次第を聞けたのは、それから三日後のことだった。

というのも瓊花は邸に帰り着くなり倒れてしまったからだ。

毒に当たった影響でまだ本調子でなかったことに加え、突然の襲撃と拉致《らち》、予想だにしなかった伯父との再会。

さらには死んだと思い込んでいた兄の生存がわかり、しかもそれが丁良だった――など衝撃の雪崩打ちで、いっぱいいっぱいになって馬車から降りるや昏倒《こんとう》してしまった。

熱を出し、混沌《こんとん》とした夢を山ほど見て目が覚めたのは三日後の朝だった。

すぐ側に玄兎の頭がある。彼は床に座り込んだまま牀榻《しんだい》に寄り掛かってうとうとしていた。

玄兎の手は瓊花の手をしっかりと握っている。そっと握り返すと、彼はハッと頭をもたげ、瓊花が目を開けているのを見て破顔した。

「瓊花！　目が覚めたか」

喜色満面に叫ぶその声で榻《ながいす》で仮眠していた秋冥が飛び起き、急いで駆け寄ると玄兎の後ろから心配そうに覗き込んだ。

「気分はどうだ？」

「ん……」

声がかすれ、玄兎に言われて秋冥が水差しと茶碗を取ってくる。

小さな茶碗一杯水を飲むと喉のつかえも取れ、気分がよくなった。

別室に控えている医師を呼びに秋冥が房室《へや》を出ると、入れ代わりに透輝が顔を覗かせた。

玄兎が手招くと遠慮がちに入ってきて、心配そうに瓊花の顔を覗き込む。

「大丈夫か？」

瓊花は頷き、彼を見上げて微笑んだ。

「兄上」

透輝の顔に安堵の笑みが浮かび、玄兎に代わって牀榻《しんだい》の端に座って瓊花の手を取る。

お互い感無量となって見つめ合っていると、医師がやって来たので透輝は玄兎とともに房室《へや》の隅に退いた。

診察をした医師が、もう大丈夫だと請け合ったので一同安心する。

医師は処方箋を書き、何かあればすぐにお知らせくださいと言って引き上げた。

秋冥が薬湯を持ってきたので飲ませてもらう。

それが済むと玄兎は積もる話もあるだろうからと秋冥を連れて出て行き、残った透輝と改めて話をした。

十一年前、透輝は皇太子として被災地の視察に出た。

その帰路、長雨の影響でゆるんでいた地面が崩壊し、馬車ごと崖から転落した——ということになっているが、実際には車軸に細工がしてあったらしい。

小姓を務める少年宦官とともに馬車に乗っていた透輝は、車軸が折れる音をはっきりと聞いた。そして馬車ごと崖を転がり落ち、河原で馬車は大破した。

その際、偶然にも窓から放り出されて河に落ち、そのまま流されてしまったのだ。

彼は馬車が地面にぶつかった衝撃で気絶しており、次に目が覚めたときにはずっと下流の川岸で見知らぬ人々に介抱されていた。霓王一家だ。

「気絶していたのがかえってよかったんだろう。おかげで溺れずに済んだ」

仮死状態で河を流れ下り、いつしか国境を越えていた。

霓州は凌雲国と華月国の境目で、かなり南方だ。透輝が帰路に落ちた河は霓州を通って南方諸国へ続いている。

「いろいろと運がよかったんだな」

透輝は微笑んだ。

気絶していたのが幸いして溺れずに済み、たまたま打ち上げられた河原で霓王一家に拾われた。

山賊が先に見つけ、水死体と思われて衣服を剝がれてしまった。玉製の腰佩などは盗られたのか河でなくしたのかわからない。

身元の手がかりがないと人々が喋っているのが聞こえ、記憶喪失を装うことにした。

華月国の皇太子と名乗ったところでそれを証明するものは何ひとつない。馬車の事故原因も気になっていた。

紅蓮郡主に気に入られて侍衛となり、霓王一家の信頼を得た。

華月国の皇帝が代替わりしたと耳にして、碁の相手をしながらそれとなく霓王に話題を振り、事情を把握した。

行商人からも世間話を装って色々な話を聞いた。

そしてわかったのは、皇太子の事故死に続いて先帝が急死し、皇兄の暁慧が跡を継いだということだった。

公主のことは話題に上らなかったので宮廷にはいないのだろうと推測した。公主がいれば後を継ぐのは彼女のはずだからだ。

華月国では一代限りだが女子に帝位継承権があり、先帝の嫡子である瓊花公主の継承順位は皇兄の暁慧よりも上である。

「だから、きっとおまえも殺されたのだろうと思った」

眉根を寄せて呟く兄の手を瓊花はぎゅっと握った。

透輝は目を上げるとぎこちなく微笑んだ。

「――復讐《ふくしゅう》を誓った。母上や祖母上が生きておられることは調べがついたから、会うことさえできれば自分の身元は証明できる」

だが、ひとりで乗り込むのは無謀すぎる。

味方が必要だ。それも、力ある味方が。

身元を明かし、霓王に頼むしかないか……と思い悩んでいたところ、ひょんなことから霓王妃が凌雲国の旧皇室である霍一族の出身で、霍家には皇族に娘を嫁がせる権利があることを聞き知った。

現在、本家には男子しかおらず、今上帝の皇子に嫁がせる娘がいない。それを霓王妃の兄である当主が妹に愚痴っているのを小耳に挟んだ。

そこで透輝はピンと来た。

紅蓮郡主は霍一族の娘の娘。つまりは当主の姪である。母方とはいえ、権利を行使する資格が認められるのでは？

それを紅蓮に言ってみると、彼女は唖然としてしばし透輝の顔を見返していた。かと思うといきなり眉を吊り上げ、鼻息荒く『そうよね！　そのとおりだわ！』と息巻いた。

「……兄上は、紅蓮さまの気持ちに気付いてなかったの？」

眉間を押さえ、溜め息まじりに尋ねると、透輝はほんのり顔を赤らめた。

「気に入られているのはわかっていたが……そういう意味とは思ってなかった」

だが、彼女に告白されて受け入れたのだから、彼も以前からそういう意味で好意を持ってはいたのだろう。

しかし、まさかあの騒動の原因が実の兄だったとは。

「おまえには悪かったと思ってるよ！　まさかおまえが生きていて、しかも飛英皇子の正妻になっているとは思いもよらず……」

冷や汗をかきながら詫《わ》びる兄を思いっきり睨んでやる。

「つまり、玄兎に近づくための方策だったわけね？」

焦って透輝はコクコク頷いた。

「玄兎なら私のことがわかるだろうと思ったんだ。華月国では一緒に武芸の鍛練もしていたし。折りを見て打ち明けようと……」

翼王府で彼の正室を見て驚いた。母后によく似ていたからだ。しかも名前が瓊花。となれば妹の瓊花に違いない。

「死んだと思っていたおまえが生きていて、しかも玄兎の正妻になってるだろう？　子どもの頃に彼の嫁になるなると騒いでいたし、生きててくれて、願いも叶って、本当によかったと安堵した。ものすごく嬉しかった。兄だとすぐにも名乗りを上げたかった」

「名乗ってくれてよかったのに」

「まぁ、そうなんだが……。紅蓮を焚き付けた責任というか、なんというか……」

口ごもる兄を半眼で眺める。

「と、とにかく後できっちり謝ろう！　と決めた矢先に紅蓮から告白されて」

「玄兎にはいつ話したの？」

「それが、向こうから切り出された。手合わせしたときにバレたような気はしてたんだが……後で呼び出されて、『おまえ透輝だろ』ってズバリ言われた」

やはり剣筋でわかったらしい。透輝と玄兎は華月国宮廷で何度も手合わせし、一緒に稽古もしていた。

瓊花は口を尖らせた。

「それにしたって悔しいわ。妹のわたしより玄兎のほうが先に気付くなんて」

「眼帯をしてたからな。それに、男のほうが女子よりも成長後の変化は大きい」

「そういえば眼帯してないけど、いいの？　あれ、紅蓮さまの言いつけなんでしょ？」

「宮中に戻るときには着けるが、事情を打ち明けて外させてもらうよ」

「驚くでしょうね。……もちろん、紅蓮さまを連れていくのよね？　華月国へ」

「彼女が承知すればね」

「喜んで付いていくと思うわ」

にっこりした瓊花は、ふと思い出して慌てた。

「あっ、そうだ！　あれを渡さないと」

「あれ？」

「青翡翠よ！　父上から預かっていたの、それが何かもわからないまま……。今は玄兎に預けてあるわ」

透輝は頷いた。

「ああ、知ってる。彼から見せられた。確かに龍冠に嵌まっていた御物だ。皇太子に立てられたとき、父上と一緒に宝物殿で見た。青紫の玉なんて初めて見たから珍しかったし、すごく綺麗でよく覚えてる」

返すか、と玄兎に問われたが、そのまま預かってほしいと頼んだ。

「玄兎に持っていてもらうのが一番安全だと思ってね」

「伯父上が来ていることは？」

「手下を送り込んでいることは知っていた。まさか本人まで出てきてるとは思わなかったが、焦ったのかな？　かえって手間が省《はぶ》けてよかったよ」

瓊花は兄に玄兎を呼んでもらい、青翡翠を透輝に渡した。正統な皇帝である彼こそが身につけるべきものだ。ようやく肩の荷が下りて瓊花はホッとした。

牀榻《しんだい》の瓊花を囲んで三人で話す。

瓊花が危惧したとおり、飛英皇子の正室となったことで、瓊花公主が今も生存していることを暁慧は悟った。

御物の青翡翠を持っているに違いないと考え、配下の者たちを何人も送り込んで探らせた。

その動きに玄兎は気付いていたが、不安にさせると思って瓊花には伏せておいた。

そんな折り、紅蓮郡主の侍衛の丁良が実は生き延びていた華月国の皇太子だったことがわかり、ふたりは透輝が正統な皇帝として華月国へ戻るため手を組むことにした。

アジトについても調べはついていた。

玄兎は邸を探られていることに気付かないふりをしておいて逆に賊を尾行させ、廃業した客桟《はたご》が一味の根城になっていることを突き止めたのだ。

「だからあんなに早く来られたのね」

「まさか、あそこで瓊花が攫《さら》われるとはさすがに予測してなくて焦ったぞ」

玄兎が溜め息をつく。

暁慧の一味は瓊花を監視しており、宮中を出たところを狙ったのだ。

「俺を殺せと賊が叫んだのは俺と瓊花を引き離すためだったんだな。狙われているのは俺だと思わせておいて、その隙に瓊花を攫う算段だったんだ。それに気付いて、すぐに透輝と羽林軍の精鋭を呼び、馬車を追った。行き先の見当はついてたが実際思ったとおりだった」

気付かれないよう建物に忍び寄ると、ちょうど暁慧の命令で男が出てきた。これさいわいと殴り倒し、奪った黒装束で変装して秋冥を引っ立てた。

ちなみに秋冥は窓から外の様子を窺っていたものの、その場面は見えなかったので、覆面男が入れ代わったことには気付かなかった。

ふたりは暁慧が瓊花に向かって得意げに真相を明かすのを陰でじっくり拝聴した。

これだけ証人がいれば言い逃れることは不可能だ。

暁慧は現在、天牢で拘束されており、透輝が帰国するときに連れ帰って、華月国で裁きを受けることになる。

極刑はまぬがれまい。

彼は皇帝を、自分の異母弟をその手で殺したのだから。

透輝の正体は、玄兎の報告を受けて凌雲国皇帝もすでに承知しているという。

もう心配いらないと夫と兄から交互に保証され、瓊花は心底安堵して休むことができたのだった。

終章

その後、透輝は身分を公表し、賓客として宮城に滞在することになった。

瓊花もまた華月国の公主であることが明かされた。それに誰より驚いたのは養家族だったが、身分が回復したことを喜び、祝福してくれた。

想い人の正体を知った紅蓮郡主は驚愕のあまり卒倒したが、意識が戻ると大喜びで丁良改め透輝の求婚を受け入れた。

瓊花に毒を盛ったのは、もちろん紅蓮ではなかった。調査によって明らかになった犯人は宋貴妃の召使だった。

宋貴妃は飛英皇子が新皇太子となることにどうしても納得できなかった。もともとあまり深く考えない質だった貴妃は召使に命じ、附子を混入した食事を差し入れさせた。

紅蓮郡主の名を騙《かた》ったのは彼女が犯人なら周囲が納得するはずだと考えたからだ。

使われた附子は宋貴妃が頭痛や冷え性の緩和のために処方させたものだった。

結局、指示された召使も手際が悪く、果物の蜂蜜煮しか毒を混ぜることができなかった。

それを食べたのも瓊花だけで、宋貴妃の企みはほぼ未遂に終わった。

もっとも彼女の狙いは飛英皇子の殺害というより、とにかく目の前から追い払いたいという底の浅いものでしかなかった。

父が皇帝の不興を買って蟄居《ちっきょ》となり、焦っていたのもあるだろう。

宋鳳蓮《ほうれん》は貴妃位を剝奪されて冷宮（罪を犯した妃嬪や宮女が幽閉される場所）送りとなり、第三皇子は別の側室が面倒を見ることになった。

連帯責任を問われた父親も謹慎では済まず、僻地の県令（知事）として左遷され、失意に打ちのめされて京師《みやこ》を去った。

結局のところ彼女の軽はずみによって宋家の失脚は決定的なものになってしまったのだった。

やがて、透輝が華月国へ帰る日が来た。

すでに宮中で紅蓮との結婚式も行なわれ、彼女を妃として同行する。

宮廷では送別の宴が開かれ、瓊花も玄兎とともに出席して名残を惜しんだ。

帰国にあたっては凌雲国の兵士が護衛する。華月国へはあらかじめ使節を送り、これまでの事情を説明済みだ。

後宮の片隅に追いやられていた先帝の皇后と皇太后の無事も確認され、元の殿舎に戻って透輝皇子の帰国を心待ちにしているという。

母と祖母からの長い手紙を読み終え、瓊花はていねいにたたんだ手紙を胸に押し当ててしばし感慨にふけった。

ふたりとも瓊花が生存していたことに驚喜し、手を取り合って感涙にむせんだそうだ。無事に生きていてくれただけでも嬉しいのに、念願叶って飛英皇子の正室となれて本当によかったと、何度も繰り返し祝福の言葉をつらねている。

兄の帰国を見送ったのと入れ違いに届いた手紙を、瓊花は繰り返し読んでいた。もう暗記するくらい読んだのに、それでも読み返すたび目が潤んでしまう。

会いにいくことは難しいにしても、せめて手紙の遣り取りは頻繁に行ないたい。

「また泣いてるのか」

洞房《しんしつ》に入ってきた玄兎が、半ば呆れたように溜め息をついた。

「だって嬉しいんだもの」

「それはそうだろうが、嬉し泣きにもほどがある」

しかつめらしく言われ、目許をぬぐって手紙を文箱《ふばこ》にしまう。

「まったく。泣きすぎて目がうさぎになるのではないかと心配だぞ」

「ふふ。だったら白うさぎね。わたしの素敵な玄兎《くろうさぎ》さん」

牀榻《しんだい》に並んで腰掛けてにっこりすると、玄兎も笑って唇を重ねた。

「……でも、ちょっと不安」

「まだ何かあったか？」

真剣な顔で玄兎が首をひねる。

瓊花は牀榻《しんだい》の縁を摑み、脚をぶらぶらさせた。

「本当にうまくやっていけるかしら。玄兎は皇太子になって、いずれは皇帝になるわけでしょう？　そうすると、わたしは……」

「当然、皇后だな」

「なんか、自信ない」

はぁ、と瓊花は溜め息をついた。

すでに龍潤皇子は太子位を返上し、立太子式の日取りも決まった。

半月後には玄兎が凌雲国の新皇太子だ。

同時に瓊花は皇太子妃に冊立される。

嬉しくないといえば嘘になるが、それより責任感がずっしり重い。

「瓊花なら大丈夫さ」

にっこりしながら頭を撫でられ、思わず彼を睨む。

「またそんな適当なこと言って」

「適当だから言ったんだ。瓊花は皇太子妃にふさわしい」

「……贔屓目《ひいきめ》よ」

「否定はしないがそれだけじゃない。大丈夫、瓊花はもともと公主なんだし、しっかり者だ。しかも適度に抜けてるところがあって、ますますかわいい」

「それ褒めてるの？　けなしてるの？」

呆れ半分に言うと、玄兎は心外そうに口をとがらせた。

「褒めてるに決まってるじゃないか。俺は瓊花の美点を全部まとめて一言で言えるぞ」

「何？」

「最高、だ」

ぶっ、と瓊花は噴き出した。

「贔屓の引き倒しね！」

ぎゅっと抱きついて呟く。

「……最高の皇太子妃にならないとね」

「そのままで最高なんだから、変わらないでいい」

誠実にそう言ってもらえるのが何より嬉しい。

甘えるように彼の目を覗き込むと、優しく唇をふさがれた。そのまま牀榻《しんだい》に倒れこみ、何度も唇を合わせる。

夜着を脱ぎ捨て、裸になって抱き合いながら彼は囁いた。

「やっと瓊花を独占できる」

「前から独占してるでしょ？　結婚したんだもの」

「瓊花には使命があったからな。俺も、それを手助けしなければという思いが強かった。やっと全部解決して、これでもう遠慮なく瓊花を独占できるぞ！」

嬉々《きき》として彼は瓊花を抱きしめた。

（今までだって遠慮してたとは思えないけど……）

顔を赤らめつつ、逞しい背中に腕を回す。

玄兎は首筋に唇を這わせ、耳朶を甘噛みした。

ぞくんと性感が走る。もう慣れたはずなのに、いや、慣れたからこそ快感の期待に深奥が疼いてしまうのだ。

「ふ……」

熱い吐息が洩れる。

剣だこのできた大きな掌が乳房を包み、円を描くように捏ね回した。気のせいか、以前よりもさらに胸が大きくなったようで、ちょっと恥ずかしい。

れろ、と乳首を舐められて、反射的に肩をすくめた。

乳首の先端は特に感じやすい部分だ。それを知っていて玄兎は舌先で突ついたり、根元から舐め上げたり、ちゅうちゅう吸ったりする。

乳房を揉みしだきながら先端を刺激されると、とてもじっとしていられなくて淫らに腰がくねってしまう。

喘ぎ声を抑えようと瓊花は指の関節に歯を立てた。

「噛むな」

甘い口調で叱咤《しった》して、玄兎は瓊花の手を摑むと己の下腹部に持っていった。すでに勃ち上がりつつある雄茎を握らされて赤面する。

玄兎はにんまりして、ふたたび乳房を弄《いじ》り始めた。

瓊花はおずおずと手を上下させた。扱くたびに肉棹は固さと太さを増してゆく。これを挿入されるのだと想像するだけで、口中が干上がるような昂奮を覚えてしまう。

やわらかく豊満な手触りを思う存分堪能すると、玄兎は膝立ちになった。

瓊花の手を離れた屹立は、ぶるんと武者震いして天を指す。

そそのかすような彼の目つきに、瓊花は身を起こすと牀榻《しんだい》に両手をついた。目の前で揺れる太棹に、おそるおそる舌を伸ばす。

鈴口からにじむ透明な液体を、舌先で掬《すく》って舐めた。少し苦く、塩辛いような味がする。

思い切って先端を口に含み、奥まで呑み込んだ。

息苦しさに目を潤ませつつ、不器用ながら舌を絡め、唇をすぼめて扱いた。

「ん……っむ……っ」

目を閉じて一心不乱に口淫に励む。

初めてでも厭でもなかったが、やっぱり恥ずかしい。でも……昂奮してしまう。

ちゅぷ、くちゅ、と唇を鳴らし、あふれた唾液が喉元を伝う。

なんていやらしい……と泣きたいような気持ちになりながら、触れられてもいない花芽が痛いほど疼いてしまう。

剝き出しの臀部《でんぶ》が揺れ、甘蜜がとろとろと内腿《うちもも》を滴り落ちた。

玄兎が低く呻いて腰を引く。ちゅぽんと淫らな音をたてて雄茎が抜け出し、先走りと唾液が混ざり合って唇と先端に細い橋をかけた。

玄兎は情欲に燃える瞳で瓊花を見つめ、淫靡に濡れた唇を親指でたどった。

その指を、無意識に銜《くわ》えてしまう。

彼は獣のように唸ると荒々しく牀榻に座り込み、瓊花を引き寄せた。

有無を言わさず剛直を花弁にあてがい、摑んだ腰にぐっと押し込む。

ずるん、と淫刀が蜜鞘に滑り込み、瓊花は喉を反らして甲高い嬌声を上げた。

「あぁ——ッ」

身体を揺すられ、ずぷずぷと肉槍が突き刺さる。無我夢中で彼にしがみつき、腰を振りたくった。

内奥深く貫かれ、抉《えぐ》られる快感に我を忘れる。

愉悦の涙で濡れた睫毛を、絶えず腰を突き入れながら玄兎が吸った。

どちらからともなく唇を合わせ、むさぼるように舌を絡める。

互いの荒々しい息づかいと、濡れた肌のぶつかる音の他は何も聞こえない。

下腹部が絞り上げられるようにわななき、瓊花は絶頂に達した。

びくんびくんと痙攣する蜜襞を、なおも剛直が突き上げる。

「ひ……あ……ぁ……」

焦点の合わない目を見開いて、瓊花は喘いだ。

達しているところをさらに容赦なく掻き回されて、度を越した快感に脳髄が焼き切れそうだ。

玄兎は瓊花を牀榻《しんだい》に押し倒すと抽挿の勢いをいっそう激しくした。

打ちつけられるたびに腰が持ち上がり、やがては真上から突き込まれるような恰好になる。

瓊花の両脇に手をついて腰を振っていた玄兎が呻き、びゅるんと熱いものがはじけた。

熱情を注ぎ込まれる感覚に、恍惚と打ち震える。

大きく吐息をついて、玄兎は瓊花のかたわらにどさりと身を横たえた。

背後から抱かれ、睦言《むつごと》を囁きながら汗ばんだ乳房や腹部をゆっくりと愛撫《あいぶ》される。

ふと、子が宿ったような気がした。

彼の腕を抱え込み、甘い吐息を洩らす。

「……ずっと一緒ね……？」

「ああ、もちろん」

耳元で囁く声に、幸福な笑みがこぼれる。

しばらくするとふたたび彼は兆してきて、後ろから優しく挿入された。

たまらない充溢感に陶酔しつつ、誘うように腰を振る。

甘く淫らな夜は、まだまだ終わりそうになかった。

あとがき

初めまして。もしくはお久しぶりです。

このたびは『最強の剣客皇子は生き別れの隣国姫を探し出して離さない』をご講読いただき、まことにありがとうございました。楽しんでいただけましたでしょうか?

今回は中華風です。中華風は別のレーベルで二年ほど前にも書かせていただき、別名義含め三作目となりました。

相変わらず中華ドラマは楽しく観ています。日本のドラマより好みのイケメン俳優が多く、癒しと目の保養にいいですね。最近は話数短めの作品も増えてきて、より観やすくなりました。

大体いつもそうですが、モデル時代としては今回も唐《とう》代を想定しています。国際交流が活発な、人の心も目も外に向けて開かれていた時代、というイメージがあるんですよね。

今作でも名称だけですが、琉球《りゅうきゅう》(沖縄《おきなわ》)や倭国《わこく》(日本《にほん》)とも交流があることもちらっと書いておきました。そこから渡ってきたものが、話の中で重要アイテムとなっています。

主役カップルは王道のラブイチャなのでご安心いただきたいところですが、今回はライバル役のツンデレ姫とヒロインの遣り取りが書いてて楽しかったです。読者さまにも笑っていただけたら、大変嬉しいです。

さて、これを書いているのは9月下旬なのですが、それにしても今年の夏は異様――に！　暑かった！　ですね！　9月に入っても猛暑続きで半分死んでましたよ……。

暑くてもカラッとしてればまだしのげるけど、湿気もひどくて。エアコンかけっぱなしにしてても外に出たら即座に暑さと湿気にやられ、たちまちへばってしまいます。

なーんて書いててもこの本がお手許に届くのは冬なので、夏が懐かしくなっているかもしれませんね。喉元過ぎればなんとやらです。

最後になりましたが、今回イラストをつけてくださったなおやみか様。ありがとうございます。ヒーローめっちゃ恰好よくて萌えました！　ヒロインもちょっとおきゃんな感じが出ててとてもかわいいです。

是非素敵な挿絵とともに今作をお楽しみくださいませ。

ここしばらくゆっくりめでお仕事させていただいておりますが、過去作品のコミカライズ予定などもございますので、気楽にお待ちいただければと思います。

それでは、またいつかどこかでお目にかかれますように。ありがとうございました。

小出みき

最強の剣客皇子は
生き別れの隣国姫を
探し出して離さない

Vanilla文庫

2024年11月5日　第1刷発行　定価はカバーに表示してあります

著　者　小出みき　©MIKI KOIDE 2024
装　画　なおやみか
発行人　鈴木幸辰
発行所　株式会社ハーパーコリンズ・ジャパン
東京都千代田区大手町1-5-1
電話　04-2951-2000（営業）
0570-008091（読者サービス係）
印刷・製本　中央精版印刷株式会社

Printed in Japan ©K.K. HarperCollins Japan 2024 ISBN978-4-596-71745-0